SFLEP NOTES TO CLASSICS

外 教 社 经 典 伴 读 丛 书

总主编 何其莘

U0745480

《动物农场》伴读本
SFLEP NOTES TO ANIMAL FARM

虞建华

上海外语教育出版社
SHANGHAI FOREIGN LANGUAGE EDUCATION PRESS

外教社

图书在版编目(CIP)数据

动物农场伴读本/虞建华著.
—上海：上海外语教育出版社，2020
（外教社经典伴读丛书）
ISBN 978-7-5446-6529-2

I.①动… II.①虞… III.①中篇小说—文学欣赏—
英国—现代 IV.①I561.074

中国版本图书馆CIP数据核字(2020)第166134号

出版发行：**上海外语教育出版社**
　　　　　（上海外国语大学内）　邮编：200083
电　　话：021-65425300（总机）
电子邮箱：bookinfo@sflep.com.cn
网　　址：http://www.sflep.com
责任编辑：曹　娟

印　　刷：上海盛通时代印刷有限公司
开　　本：850×1092　1/32　印张 4.25　字数 136 千字
版　　次：2020 年 10 月第 1 版　2020 年 10 月第 1 次印刷
印　　数：3 100 册

书　　号：ISBN 978-7-5446-6529-2
定　　价：25.00 元
　　　本版图书如有印装质量问题，可向本社调换
　　　质量服务热线：4008-213-263　电子邮箱：editorial@sflep.com

写在前面的话

何其莘

年初在编写上海外语教育出版社的经典伴读丛书之《双城记》时，有一天偶然点开了Martin Brest执导的影片*Meet Joe Black*（国内译为《第六感生死缘》）——这是我最喜欢的影片之一。在观看影片过程中，我突然觉得自己对阅读英美文学的原著有了一种全新的感悟。上个世纪五六十年代，外国影片都使用中文配音。现在引进国外影片，则采用在原版电影屏幕上添加中文字幕的办法。国内许多观众都是依赖阅读中文字幕来理解剧中人物的对话。剧中人物的一言一行、一笑一颦可以从电影画面上捕捉到，屏幕上的中文字幕也可以勾画出故事的大意（当然这里要剔除错译、漏译的因素）。但是，如果观众无法听懂剧中人物的全部英文对话，则根本无法体会人物说话时的情感和语气，无法理解对话所传达的人物心灵深处微小的变化。读英文原著也是同样的道理，只有读了原著才能真正领会文学名著的精髓。

语言学习有明显的阶段性、连贯性和延续性。儿童学习语言要从贴近儿童日常生活的最基础的语言表达开始，以激发孩子对语言的好奇和兴趣。孩子慢慢长大后，读书的目的就是要养成阅读的习惯。中学阶段的阅读要开始接触外国作品的简写本、缩略本，以培养学生的学习兴趣、开阔学生的视野。

到了大学阶段，英文的简写本、缩略本就很难满足学生的需求了，因为那些版本毕竟只是编著者在阅读原著的基础上的一种再创造，与原著仍有不小的差距，读起来总有一种隔靴搔痒的感觉。对于我国的大学生来说，不论其主攻的专业是什么，学英语的最终目的都是为了直接阅读英文原作、阅读英语为母语的人士撰写的文章和书籍。因此，阅读英文原著是高校英语教学过程中一个必不可少的重要环节。

上个世纪90年代初以来，国内几个外语出版社都尝试过把国外的英文原著引进中国，采用的形式往往是在原版书的正文前增加中文的作者简介和内容提要，然后再用脚注或尾注的方式为部分语言点提供简要的讲解。从使用情况来看，效果似乎并不理想。

上海外语教育出版社推出的"外教社经典伴读丛书"是为落实教育部制订的《高等学校英语专业本科教学质量国家标准》而采取的一项重要举措。"外教社经典伴读丛书"选用《国标》配套的"英语专业本科生阅读书目"中的20种必读书，在出版英文原著的同时，出版配套的伴读本。这套导读类丛书将为高校学生阅读和理解英文名著提供有效的帮助。

每本伴读本包含下列内容：对作者生平、作品创作的时代背景的简要介绍；作品内容梗概和章节的详细摘要；对作品中有关文化、宗教、历史、地理、典故的讲解；对作品叙事结构、人物塑造和语言风格的简要分析；对作品主题、所代表的流派以及该流派在文学史上的地位的讨论。伴读本还编有一系列测试学生阅读理解水平的检测题目，以及为学生针对作品撰写论文而提出的建议。

不仅如此，每本伴读本还提供"随行课堂"移动学习资源。学习者可通过手机端，学习与原版图书相关的章节内容和难词难句，在手机上完成阅读理解练习；"随行课堂"还精选了原著片段配以录音，供学习者进一步欣赏原文。

为每本英文原著提供一百页左右的"伴读"，并配以移动学习，这在国内还是第一次。

出版这套用中文撰写的伴读本是为了服务于同时出版的英文原著，为我国学生理解和欣赏英文原著提供启示和帮助。这些被几代人认可的经典作品，肯定有其独到之处。它们的语言优美，常常成功地描述了人类具有共性的某一个侧面，揭示了书中人物的内心世界。这些作品持久的魅力、感人的片段已成为几代读者之间的美谈。我们之所以强调学生阅读原著，是因为只有英文原著才能成功保持作者创作那个时代的风格，向后人真实地展示那一特定时代人们在想什么、做什么，以及他们的喜怒哀乐、他们的理想和追求，才能使我们的学生真正体会到这些传世佳作的美。

当前，我们处于一个浮躁的年代，年轻人大多喜欢快餐式文化，大部头的英文原著似乎得不到青年学生的青睐。但是，我们不能不承认，持久、系统的阅读才是终身学习的最佳形式。回顾一下我国英语界的几位泰斗——王佐良、周珏良、许国璋、李赋宁先生——的成功经验：上个世纪30年代，在没有现代化教学设备、没有电视、更没有互联网的年代里，这些老前辈正是依靠阅读一本本大部头的英文原著，培养了深厚的英文功底，最终使他们在英美文学研究、英语教育方面取得了后人尚未超越的成就。这些老先生的成功经验是我们学习的最好榜样。

近年来，教育界经常议论的一个话题是终身教育，而终身教育最有效的手段就是终身阅读。外教社新近推出了构建终身阅读计划的英文阅读丛书，冠名为Readathon，这是由read和marathon两个单词合并而成的，代表着持久、系统的阅读训练。"外教社经典伴读丛书"作为其中一个组成部分，为我国的大学生提供了终身学习的最佳形式，这也是学习一门外国语最简单、最有效的方式。

2018年2月于北京

目　录

作品背景

作者生平

　　乔治·奥威尔（George Orwell, 1903–1950）是20世纪上半叶最著名的英国现实主义作家之一，于47岁那年英年早逝。他的所有主要作品都是在20世纪30和40年代创作出版的，共计9部长篇小说和纪事文学，1部散文集，还有数量不详的其他文体作品，包括政治评论和文学批评等。生涯后期的两部政治小说《动物农场》（*Animal Farm*, 1945）和《一九八四》（*Nineteen Eighty-four*, 1949）是他影响最大的作品，使他名扬四海。乔治·奥威尔是笔名：由英国的守护圣徒"乔治"

和英国东安格利亚一条河的名字"奥威尔"合成。作家本名埃里克·阿瑟·布莱尔（Eric Arthur Blair）。

奥威尔出生在当时为英国殖民地的印度，父亲是殖民政府的下级官员。出生第二年，父母带着他回到英国。他对就读的小学和中学没有好感，学校生活组成了他早年痛苦记忆的一部分。八岁那年他被送入圣塞普里安寄宿学校，在那里度过了难熬的六年时间。该校管束严苛，对不服管教的学生施以体罚，而且学校管理层十分势利，膜拜金钱，"对于贫穷有一种近乎神经质的恐惧"[①]。在身后出版的《如此欢乐童年》（*Such, Such Were the Joys*, 1953）中，奥威尔描写了学校管理体制的权势与淫威，学生面对的惩戒与体罚，以及他个人强烈感受到的无助与孤立。这本书带着抗诉的语气，描述了少年时代个性被束缚、童趣被剥夺的经历和体验，表达的情感非常强烈，似乎一切记忆犹新。书名是反讽，指的是失去欢乐的生活。

对寄宿学校生活的厌恶，并不妨碍奥威尔在学业上取得优异成绩。他毕业并获得奖学金，1917年夏天，十四岁的他进入著名的伊顿公学。伊顿公学云集着上层阶级的子弟。进入这样的学校意味着登上了成功人生的梯子，但奥威尔没有为此感到兴奋。他曾写道："我在伊顿上学，这是一

---

① 杰弗里·迈耶斯：《奥威尔：生活与艺术》，马特，王敏，仲夏译，北京：经济科学出版社，2013，第5页。

所费用最贵、最势利的英国私立学校，而我是通过获得奖学金进入该校的，否则的话，我们家根本无力负担我上这种类型的学校"①。学校的孩子们自然而然地分成三等，谁都知道自己所处的等级。属于第一等的家境显赫，是贵族富豪的孩子；属于第二等的来自一般的有钱人家；属于第三等的是学习出色但靠资助或减免学费的穷学生。奥威尔属于最后一类，靠资助上学，因此被同学们看不起，也常被门第观念很重的教职人员当众羞辱。

　　仰慕财富、鄙视贫穷是当时的社会风气。奥威尔在他的长篇小说《让叶兰在空中飞扬》（*Keep the Aspidistra Flying*, 1936）中借用人物康斯托克之口说："对一个孩子而言，最残忍的事情也许莫过于被送进一所每个孩子都比他富有的学校里读书。成年人几乎无法想象有贫穷意识的孩子所遭受的势利的折磨"②。奥威尔在伊顿公学度过了令他自尊受挫、神经紧张的几年。他难以合群，郁郁寡欢，但在文学作品中发现了一个可以栖身的新世界。他广泛阅读，找到了很多情投意合的精神伴侣，尤其喜欢狄更斯、莎士比亚、吉卜林、爱伦·坡、乔治·威尔斯等人的作品，但斯威夫特的《格利佛游记》（*Gulliver's Travels*）是他的最爱，这部小说对他后来的文学生涯，尤其是《动物农场》的创作，产生了很大的影响。

---

① D.J.泰勒：《奥威尔传》，吴远恒、王治琴、刘彦娟译，上海：文汇出版社，2007年，第26页。

② George Orwell. *Keep the Aspidistra Flying*. 1936. London, 1962, p. 42.

有近600年历史的伊顿公学是英国屈指可数的名校，声誉显赫，是美好前程的敲门砖，是牛津、剑桥大学的后备营，是社会精英的摇篮。学校只招收男生，其宗旨是为大英帝国的统治阶层培养人才。但奥威尔对"精英意识"十分反感，在伊顿公学的几年过得并不愉快。那是他14至18岁身体和思想成熟的年龄，而世界动荡不安，发生了很多大事，如俄国的十月革命和第一次世界大战。他开始接触自由主义与社会主义，形成了自己最初的左翼思想。1921年冬，奥威尔从伊顿公学毕业，没有像大多数同学那样顺理成章地进入剑桥、牛津这样的著名学府，也没有试图寻找与伊顿公学毕业生身份相符的职业。特立独行的他做出了与众不同的选择。他决定采纳父亲的建议，到某个英属殖民地去工作，见识一下世界。1922年他参加帝国公务员招聘考试，录取后去了缅甸当警察。当时的缅甸殖民地属于大英帝国印度辖区，在那里他度过了将近5年时间。

这或许是个不坏的选择，因为缅甸的经历成就了他早期的重要作品《缅甸岁月》（*Burmese Days*, 1934）。但他依然没有感受到青春岁月应该带给他的快乐。英国殖民官员与当地居民很少接触，活动区域基本上是办公地、住宿地和英国人的俱乐部3个地方。他很少光顾俱乐部。他远离家园，语言不通，感到孤独和无助。脏乱的环境和成群的蚊子更让他心烦意乱。他没有可以交心的朋友，像离群孤雁，囚禁在自己划定的小天地里，闲时以书为伴。作为白人警察，他在当地拥有相当的权力和权威，但特权带给他的不是优越感，而是某种道德上的负罪感。

作为缅甸的英国警察，奥威尔见证了欧洲白人对殖民地人民的压迫，见证了种族不平等和经济剥削。在英国，尤其是在伊顿公学，他一再被灌输帝国主义的理论：优越的西方文明为殖民地带来福分。当时科学技术发展迅猛，人们的生活水平随之不断提高，"发展"、"进步"、"文明"、"现代"等成了流行语和关键词。于是，殖民主义就被解读为西方人对世界做出的"贡献"，是对"落后"、"未开化"国家的文明输出，以助其达到"共同繁荣"的目的。这类宣传掩盖了主权侵犯、经济剥削、文化同化的事实。亲身的经历让奥威尔强烈地感受到殖民统治是一种罪恶。他看到，殖民地缅甸种族界线分明，是由白人发号施令的地方，强权背后有枪炮的支持。另一件让奥威尔郁结于心的事情是他父亲的工作。他父亲在英国殖民统治下的印度政府鸦片部门任职，管辖鸦片经营。我们知道，奥威尔也知道，大量鸦片销往中国，为大英帝国捞取了丰厚的收益，却给中国人民带来了深重的灾难。他为自己作为英国殖民体系中的一员感到羞耻，背上了沉重的道德枷锁。他一直希望能揭穿美丽的殖民谎言，将暴力的政治压迫和赤裸裸的经济掠夺详细地陈列在世人的眼前。

1927年，出于对殖民地生活的厌倦，也由于身体状况不佳，奥威尔辞去帝国警察部队的职位，离开缅甸。此后他萌生了当作家的念头，于是他1928年来到巴黎，体验城市贫民的生活。此行也可被视为他的"赎罪"之旅。他不要家里资助，在社会最下层独自谋生，到餐馆打工，每天十余小时在地下室洗刷碗碟，劳动十分辛苦，但收入低微，仅够糊口。他品尝到了极度贫困的滋味。一年半之后，他从法国回到伦敦，继续在城市社会的底层谋生，尝试各种低收入的工作，比如当采摘工人和书店店员，一度还流徙街巷，过着街头流浪汉的生活。对巴黎和伦敦两地底层社会的亲身体验和深入考察，迫使奥威尔开始思考贫富差距背后的社会因素，他由此逐渐明白了阶级结构与权力运作的机制。巴黎和伦敦的生活不仅为奥威尔的处女作《巴黎伦敦落魄记》（*Down and Out in Paris and London*, 1933）提供了足够的素材，更重要的是这些年月也为奥威尔社会主义信仰的形成奠定了重要的认识基础。

1929年，远在大西洋彼岸的美国纽约股市暴跌，引发了世界范围的经济危机。英国无法独善其身。这次史称"大萧条"的经济危机是资本主义世界历史上最深刻、最持久、最不堪回首的萧条期，造成大批企业破产，工人失业，贫困加剧。奥威尔亲历了"大萧条"的凄风苦雨，更加清楚地认识了资本主义经济运作的体系，也对这一体系造成的贫富差距和贫民的生存困境有了更加切身的体验。"大萧条"贯穿了整个三十年代，而这十年又被称为"红色的十年"，批判资本主义的左翼思潮十分活跃。"大萧条"将很多英国知识分子推向了左翼，左翼思潮一度主导着英国政治文化领域。奥威尔加入了左派俱乐部，受到了社会主义理论普及读本——如《马克思主义手册》和《为什么你应该是一个社会主义者》——的影响。社会主义理论，加之他对英国城市贫民的深切同情和对社会层阶化造成的困境的亲身体验，使他很快做出了政治"选边"，站到了左派阵营之中。他后来写道：

"（我）从1930年起就是一个社会主义者了"①。

1932年，奥威尔到伦敦西区一个小学校任教，1934年得病之后父母劝他放弃教职，在家休养。1934末开始，他在伦敦附近的汉普斯特德（Hampstead）一家叫"书友之角"的旧书店找到了兼职店员的差使，只需下午上班，上午可在家中写作。汉普斯特德是个知识分子聚集之地，而且房租便宜。书店的工作使他有机会与年轻的作家们交往，他历来孤独的生活在这段时间有所改变。从20世纪30年代初开始，他把主要精力投放在文学创作方面，陆续出版了《巴黎伦敦落魄记》（1933）、《缅甸岁月》（1934）、《牧师的女儿》（*A Clergyman's Daughter*, 1935)、《让叶兰在空中飞扬》（1936）、《通往维根码头之路》（*The Road to Wigan Pier*, 1937）、《向加泰罗尼亚致敬》（*Homage to Catalonia*, 1938）、《上来透口气》（*Coming Up for Air*, 1939）等。奥威尔的左翼思想倾向清楚地表现在几乎所有这些作品中。

奥威尔参加的左翼俱乐部十分关注"大萧条"所凸显的贫困问题。左派知识分子把揭露现行体制的罪恶视为己任，他们下基层调查采访，收集反映下层人民苦难生活现实的素材，整理出版。到1936年开初，"大萧条"已持续了长达七年之久，而且仍然没有复苏的迹象。一家左翼出版社希望已经出版了数部作品的奥威尔能前往英国北部工业区，对该地区工人的工作条件和生活状况进行调查，并写成文字付诸出版。

---

① George Orwell. *The Road to Wigan Pier*. 1937, London: Penguin Classics, 2001, p. 89.

奥威尔欣然领命，前往维根煤矿区等地进行考察。在实地调查获得的详细素材的基础上，奥威尔创作了长篇小说《通向维根码头之路》。小说的政治倾向十分明显，故事似乎指出社会主义才是消灭贫困之道。

与此同时，国际政治形势变得十分复杂，十分动荡。十月革命夺取政权二十年之后，苏联推行的共产主义运动影响了欧洲各国的知识分子；而在德国，法西斯主义蠢蠢欲动，并开始向其他欧洲国家蔓延。这期间，1936年西班牙内战的爆发成为奥威尔生命和文学创作中的又一件大事。

1936年2月西班牙大选中，具有左翼政治倾向的人民阵线大获全胜并组建政府，而数月之后，以佛朗哥为首的法西斯分子发动了反对共和国的叛乱。7月，内战爆发。这一事件不仅仅涉及西班牙本身，它还是欧洲左派和右派两大阵营较量的象征，是可能决定欧洲未来走向的一次直接的碰撞和决斗。苏联为人民阵线撑腰，而德国和意大利派出军队扶持佛朗哥。处于"大萧条"年代的知识分子以左翼为主流，在舆论上占有优势，几乎一边倒地支持人民阵线。当时欧洲不少国家的进步人士相继组成国际纵队前往西班牙，或者参加支持人民阵线的各类工作，或者干脆参加作战部队，意在推翻佛朗哥势力。

奥威尔深受感染。尽管英、美政府保持中立，但英、美知识分子不甘寂寞，在理想主义的激励下，包括美国的海明威和英国的奥威尔在内的很多作家甚至弃笔从戎，前往西班牙。海明威后来写下了以西班牙内战为背景的著名长篇小说《丧钟为谁而鸣》（*For Whom the Bell Tolls*, 1940），而奥威尔写下了内战回忆录《向加泰罗尼亚致敬》。在左派俱乐部的号召之下，奥威尔于1936年底携同结婚才几个月的妻子离开英国，途径法国，前往西班牙去参加反佛朗哥法西斯政权、保卫共和国的国际志愿军。当时在西班牙，与佛朗哥势力相对峙的是无政府主义和社会主义等多个党派组成联盟的西班牙左翼共和政府。共和政府努力追求政治民主，希望实现经济平等，意在颠覆资本主义的生产和分配模式，建立具有苏维埃政权雏形的新政体。这让初到西班牙的奥威尔感到十分兴奋。尽管内战已将经济推向崩溃边缘，他对这种新形态的社会仍然抱有极大的期待。

奥威尔在西班牙的巴塞罗那加入马克思主义统一工人党，那是一个信仰无政府主义的团体。奥威尔在其下属的民兵组织经过了必要的初步军事训练之后，便被派往前线，1937年1月参加了阿拉贡战线的战斗。组成西班牙共和政府的左派联合阵营中，最强大的当属西班牙共产党。当时的西班牙共产党受共产国际的直接领导，指挥者是斯大林。苏共和斯大林于1937年5月突然将奥威尔所在的马克思主义统一工人党宣布为"托派组织"，不顾法西斯主义势力大敌当前，挑起内斗，对统一工人党进行取缔和镇压。充满理想主义期待的奥威尔被面前发生的事件所震惊、所困惑，认为有些人为了权力背叛了西班牙工人革命。

适逢此时，奥威尔在5月的一次战斗中被流弹击中喉咙，严重受伤，被送到巴塞罗那疗伤，6月准备离开西班牙回国。但他的离别却成了一次惊险的逃亡，身后已有秘密警察的追捕。苏联内务部认定奥威尔和他的妻子是"托派分子"的中坚，而当时对付"托派"的常规手段是枪决。奥威尔夫妇侥幸逃脱，他的革命热情几乎被浇灭。西班牙内战急转直下的发展与结局，让奥威尔痛心疾首。他原本视苏维埃政权为理想的社会模式，但斯大林管治下的苏联让他感到幻灭。他把在西班牙的经历和所见所闻作为素材，创作了纪实小说《向加泰罗尼亚致敬》，于1938年出版。西班牙的见闻与感受，也是他创作后来的成名作《动物农场》的主要动因之一。

1939年，第二次世界大战爆发，身患肺结核而且年已36岁的奥威尔报名参军，希望参加与法西斯主义的斗争，但因身体不合格而未能如愿。他与妻子共赴伦敦，加入了民兵组织国防市民军。1941年他进入英国广播公司（BBC），主持对印度广播，直到1943年离开，去《论坛报》（Forum）担任编辑，也为该刊写政论文章和文艺批评，同时也成为《观察家》（Observer）的欧洲记者和《曼切斯特晚报》（Manchester Evening News）的撰稿人。该年年底，他开始创作《动物农场》，次年完成，但出版却几经周折，遭到多家出版社拒绝，直到1945年二战结束才得以出版。他一边继续为《论坛报》工作，一边开始酝酿创作《一九八四》。这部名作的创作却是一个令人揪心的过程。

肺病折磨了奥威尔大半辈子，从西班牙回来后病情加重，时常发作吐血。按照医生的建议，他应该到一个气候条件好的地方疗养一段时间。他选择了地处地中海的法国殖民地摩洛哥。那是个极度贫穷的国家，他和妻子又一次见证了人类的悲剧。1945年他妻子去世。为了专心写作，1946年他独自来到英格兰西海岸的朱罗岛，同时继续与病魔作斗争。由于肺病恶化，他次年被送入苏格兰医院。他一边咳血，一边创作《一九八四》，致使医生没收他的打字机，强制他休息养病。他改用笔写，而作为对策，医生给他的右手打上石膏①。当《一九八四》这部生命之作最终于1949年6月出版时，病魔已经战胜了意志力。半年后这位伟大的作家早早辞世，享年47岁。《动物农庄》和《一九八四》为奥威尔带来了晚到的名望和财富，但这些并不是他生前刻意追求的东西。

奥威尔的一生经历了俄国革命、经济大萧条、西班牙内战和两次世界大战。那是近代史上动荡不安的年代。国际局势把他推到了前沿，让他投身于其中，成为见证者和亲历者，而他的作品生动地记录和再现了这一个风雨变幻的年代。他深刻的思考、敏锐的洞察力、丰富的艺术想象和表现力，又使他的作品成为名垂后世的经典。时至今日，奥威尔已然是英国文学史上最重要的作家之一，也被公认为20世纪最重要的作家之一。

---

① 杰弗里·迈耶斯：《奥威尔：生活与艺术》，马特，王敏，仲夏译，北京：经济科学出版社，2013，第230–231页。

创作的时代背景

奥威尔的主要文学遗产是九部长篇作品，这些作品可以分为两类，一类是平民小说或纪事作品，另一类是政治小说。前者包括奥威尔的前七部小说；后者由已经成为著名经典的最后两部小说组成。也可以说，奥威尔20世纪30年代的作品以平民小说为主；40年代的作品是政治小说，而1939年出版的《上来透口气》不管是出版时间还是小说类别，都介于两者中间，可以被看作奥威尔的创作从平民小说到政治小说的过渡。当然这样的划分不是绝对的，比如，他的平民小说中很大程度上涉及了诸如殖民压迫和阶级剥削之类的政治话题。但前一类作品基本都以奥威尔的亲身经历为素材，自传体风格或纪实小说的色彩很重，而后一类则更多地建构于文学想象之上。后期的两部政治小说是奥威尔作为世界著名作家的立身之本。

《巴黎伦敦落魄记》是奥威尔的处女作。这是一部"流浪汉小说"，在其中奥威尔通过虚构人物再现了自己1933年浪迹于巴黎、伦敦两个城市的经历和生存状况。他深入社会底层，干低报酬的苦工，与流浪汉、乞丐、罪犯、娼妓和其他城市贫民相处，体验他们的生活。当时他已抱定当作家的目标，希望深入了解真实的社会，揭示人们视而不见的现实。在后来谈到这部小说的创作时，奥威尔写道："我的主题是贫困，当你衣袋里没有一文钱时，你不得不从最不利的角度，去看任何一个城市或国家，而所有的人，或者几乎所有的人，在你看来似乎要么是与你一起受难的，要么就是与你为敌"[1]。也就是说，在体察贫困、书写贫困的过程中，奥威尔的头脑中形成了阶级意识，这种意识又成为他的民主社会主义思想的基础：要消除贫困，铲除造成贫困的根源，让每个人获得平等的权利，让每个人得到有尊严的生存。

《缅甸岁月》是一部反映英国殖民主义统治的现实主义小说，就如奥威尔的其他早期作品一样，带有自传的色彩。虽然出版晚于《巴黎伦敦落魄记》，但反映的是奥威尔更早期的经历，即高中毕业后去缅甸当警察的"岁月"。这是他走出校门之后踏入社会的第一站，是真正了解他的国家和他所处的这个世界的第一段人生旅程。他看到的世界是一个充满罪恶、恃强凌弱的地方。在殖民地当警察薪俸优厚，但对英国殖民统治的负罪感，以及陌生环境中难熬的孤独，让他在异乡陌土度日如年，留下了许多创伤记忆。他根据自己的经历与体验创作了这部长篇小说，其中主人公弗洛里的原型是作家本人。这部小说，连同吉卜林（Rudyard Kipling）的《吉姆》（*Kim*, 1901）和福斯特（E. M. Forster）的《印度之行》（*A Passage to India*, 1924），一同被视为英国文学中写得最好的"印度小说"——因为当时的缅甸也被视为印度的一部分。三部小说异曲同工，从不同

---

① 乔治·奥威尔：《奥威尔文集》，董乐山译，中央编译出版社，2010，第689页。

侧面描写反映大英帝国在南亚殖民统治的罪恶。

相对而言，《牧师的女儿》是奥威尔作品中受关注较少的一部。小说的素材来自奥威尔在索斯沃尔德（Southwold）当中学教师的经历。故事写一个刻板的乡村牧师的女儿，由于病态的失忆，走出家庭，进入了外面混乱的世界，陷于罪恶环境中的生活。她终于摆脱了刻板乏味的生活，但又感到孤立无援，无比失望。后来她从陷落中被解救出来，回归原来那种安稳但一成不变的生活。这部小说与奥威尔的直接经验关联较少，表达了作家对既定社会"规范"的厌恶。阅读过《巴黎伦敦落魄记》那种用鲜活的现实主义写就的城市生活纪实和《缅甸岁月》中丰富的异乡色彩的人们，对奥威尔的这部作品可能会感到失望。故事不太让人信服，文学界好评不多。

《让叶兰在空中飞扬》写于1934至1935年之间。奥威尔在"书友之角"的一年多经历被他写进了小说，书中的主人公是一位落魄文人，略有自暴自弃的倾向，有点像作家不恭的自画像。小说背景设在30年代的伦敦。主人公戈登·康斯托克是个诗人，放弃了广告公司收入优厚的工作，以表示对金钱崇拜和社会地位的不屑。他试图不为柴米操心，一心追求艺术理想，但金钱的压力让他挫折连连。生活穷困潦倒的他，渐渐变得神经质，变得荒唐，最后不得不放下诗歌，面对生活。叶兰是当时普遍用作居室摆设的盆栽植物，并不好看，但生命力强。当时室内一般点油灯或煤气灯，空气不好，但叶兰可以顽强生长，象征常常处于困境之中的知识分子。书名"让叶兰在空中飞扬"用类似"让旗帜在空中飞扬"的空洞赞美，讽刺脱离现实社会的理想，也对金钱社会和资本主义的政治伦理进行了批判。

《通往维根码头之路》是一部实录矿工生存境况的纪实作品。1936年奥威尔响应左派组织的号召，深入社会底层进行调查和采访，以笔为武器，记录和反映民众的疾苦，揭露资本主义剥削。根据走访英国北部约克郡（Yorkshire）和兰开郡（Lancashire）工业区的见闻和采访记录，他写下了这部反映大萧条背景之下煤矿工人的作品。作品中可以看出，该次采访对奥威尔触动很大，是促成他朝社会主义认识观转变的重要拐点。作品由两大部分组成，前半部分详尽陈列了工人和工人家庭的生活现实，揭示社会非正义：拥挤的贫民窟，缺衣少穿的日常生计，没有安全保障的工作环境；后半部分主要是作者的政治思考：对英国的阶级矛盾和贫困根源的分析，同时表达了消灭贫困，实现社会公正的强烈愿望，阐述了自己民主社会主义的立场。

《向加泰罗尼亚致敬》是一部政治作品，结合了传记和小说，背景是发生在西班牙的国际反法西斯战争，其中很多内容与奥威尔的亲身经历有关。作品中，来自西方各国的知识分子怀着崇高的信念，远赴他乡加入反法西斯战争的队伍，却不料自己的队伍出现分裂，很多热血青年被当作"托派"遭到逮捕清除。来自同一阵线派系之间的权力斗争，似乎更加血腥，更加恐怖。西班牙工人革命失败，一个社会主义新形态社会夭折于摇篮之中，对此奥威尔感到无比痛惜。他写下这部作品，一方面对揭竿而起的西班牙工人阶级表示敬意，另一方面揭露那些革命队伍中权欲熏心的人，痛斥他们在大敌当前的形势之下，却转身对自己队伍中的同行人刀斧相向。这部作品与后来出版的《动物农场》有很多方面的呼应。奥威尔一方面表达了对社会主义的坚定信念，同时揭露革命队伍中的"极权主义"者，认为他们其实是更加危险的敌人。

长篇小说《上来透口气》描写第二次世界大战前的经济、社会、生态环境和人们的物质生活与精神状态，表达了作家对当前的关注和对未来的担忧。小说主人公是一个来自中产阶级家庭叫宝林的人，与作家本人有诸多相似之处。英国仍然深陷于大萧条之中，与此同时，第二次世界大战爆发前阴云笼罩，风雨如晦，社会动荡，人心忐忑，家无宁日，让宝林阅尽重重危机之下的人间悲剧。在对现实的失望中，他遁入记忆中的美好，怀恋乡下的田园清风，继而义无反顾地追求心中的向往之地，却发现梦中的理想家园并不存在。在之前的小说中，不管现实如何，结局如何，作品中总是潜藏着一种对理想的热情向往，但值得注意的是，幻灭的悲观主义是这部作品的主调。如前所述，这部小说可以被视为一种转折。

在对奥威尔前七部小说逐一进行的简单介绍中，我们可以看到作家认识发展的线路：从对下层人民的同情中，他逐渐形成了民主社会主义的思想，对政治越来越关注，越来越多地在国家政治层面思考问题。到出版《通往维根码头之路》和《向加泰罗尼亚致敬》时，奥威尔的作品已更多地涉及了阶级结构和政治斗争。《上来透口气》更是承上启下，将对贫民生活现实的关注，提升到对权力和政治环境的思考，是连通前期的平民小说和后期的政治小说之间的桥梁，为他最后两部名垂后世的小说《动物农场》和《一九八四》的隆重亮相敲响了开场锣鼓。

《动物农场》的创作只用了3个多月的时间，但奥威尔对小说所涉及的问题已经思考了好多年。另外，出版也颇费周折。此前奥威尔的一些作品销量不好，无甚经济效益，因此原来专门出版他作品的格兰茨公司不肯接受这本新作。奥威尔找了一家很小的出版社，小说出版后，书店往往把它当作动物故事放入儿童文学类图书中，少有人问津。当读者明白这是一部出色的政治寓言小说时，口耳相传，《动物农场》开始热销，成为奥威尔首部获得商业成功的作品，也帮助作者建立了牢固的文学声誉。

当时苏联国内政治生活中出现了不少负面情况：扩大化的肃反、新特权阶层、领导个人崇拜、一言堂等，加上德国入侵波兰之际苏德签署的互不侵犯条约，让包括奥威尔在内向往社会主义的欧、美进步知识分子大失所望。很多评论家认为，虽然作家做了些技术处理，小说的基本框架与苏联近代史相对应。对这样的说法，奥威尔并不认同。他强调小说是一种艺术虚构，讽刺的是一切极权主义，但小说中确实有对斯大林模式的统治十分犀利的讽刺成分。我们将在下一章详细解读这部作品。

《一九八四》是一部"反乌托邦小说"（dystopia）[1]。故事发生在虚构的大洋国，表现的是极权主义统治下恐怖的社会场景，有美国影响下的不列颠帝国和斯大林管治下的苏联的影子。作家在这部作品中表达了对社会未来走向的担忧。小说通过一个名叫史密斯的普通中年男子的经历，让读者感受到一个没有思想自由、没有生活乐趣、由国家专政监管一切的未来世界。在那里，"老大哥"是绝对领导，监视系统和电子屏幕无处不在，语言被简化为不足以思考和评判现实的口号。史密斯试图对这一切做出反抗，但最终还是被高压的流行意识形态所驯化。这是一部反对极权主义的讽刺小说，巩固了作家凭借《动物农场》建立的文学地位。两部政治小说都被批评界视为20世纪现实主义文学的精品，都被列入20世纪末美国《纽约时报》（*The New York Times*）"世纪百部杰出英语小说"的榜单之中。

奥威尔的生活轨迹和他的创作历程密切相关，坎坷且多样的生活让他看到了世界的多个侧面，尤其是光鲜表层之下的丑恶。他的伟大之处，正是他以一种现实主义的批判态度，对殖民主义、阶级剥削、极权主义政治等种种社会弊端，以及钱欲、权欲等个人欲念进行揭露和讨

---

① "反乌托邦"小说往往呈现乌托邦(utopia)小说中理想国相反的状态，描述一个恐怖的虚构世界，为人类发展提供警示。

伐，倡导人之平等和社会公正。"作为20世纪上半期英国最有思想和文学个性的文学家，奥威尔的思想遗产与他的文学遗产是相伴相生的，甚至可以说，他的思想品质也决定了他的文学价值和品质。奥威尔从对家庭以家长为中心的权威制度批判开始，发展到对大英帝国的殖民主义、帝国主义以及各种极权主义的批判。……（他的作品）对于世界上任何一位认真的思想者，至今仍然具有不可忽略的启发意义"[1]。

从中学开始，他就对以经济地位把人分成等级的观念十分反感，认为所有人都应该得到同样的尊重；缅甸的经历又让他对帝国主义强权感到不满，看到民族之间的不平等；伦敦与巴黎的流浪生活，使他体验了贫穷潦倒的城市底层社会；北方矿区的考察使他认识到了阶级剥削的严酷性，站出来呼吁社会公正；西班牙内战的经历对他触动最大，他看到了最不愿意看到的一面，即反抗非正义的队伍，也因权欲与私利的腐蚀而走向失败。整个20世纪30年代让奥威尔逐步确立了社会主义思想。他在不同作品中表达了对劳动人民的同情，对贫困的关注，对平等正义的渴望和对极权与专制的痛恨和警惕。奥威尔几乎所有20世纪30年代的小说都是根据他亲身经历和发自内心的感受写成的，而这些作品为他40年代伟大作品的诞生做了铺垫。

---

① 段怀清："一代人冷峻的良心：奥威尔的思想遗产"《社会科学论坛》2006年第5期，第29页。

奥威尔的小说创作基本上是现实主义的。20世纪40年代的两部代表作以其独特的文体和想象力，大大丰富了现实主义文学创作。奥威尔40年代的小说明显具有更大的冲击力——批判更犀利，讽刺更尖锐，反思更深刻。奥威尔说："我在过去十年之中，一直最想要做的事情，就是使政治写作成为一种艺术，我的出发点总是来自我的一种倾向性，一种对社会不公的强烈意识。我坐下来写一本书的时候，我并没对自己说，我要产生一部艺术作品，我所以写一本书，是因为我有一个谎言要揭露，我有一个事实要引起大家的注意"①。其实，奥威尔一直在致力于揭露"谎言"，包括殖民主义为殖民地带来文明和繁荣的谎言，英国是人民安居乐业的繁盛之国的谎言，贫穷是懒散无能所致的谎言。但到了40年代，他主要斥责的对象是高喊革命口号而背叛社会主义的行径，包括欧洲左翼联盟中的极权主义分子，也试图揭穿斯大林治理下的苏联神话。奥威尔40年代的作品明显突出了政治性，强化了讽刺性，具有鲜明的爱憎观。

奥威尔自己信仰的是一种以人道主义为基础的尊重个人、平等自由、民主公正、共同富裕的社会体系，他称之为民主社会主义。他的一生从未放弃过对这一理想的追求，即使在后期的作品中，他痛斥背叛社会主义革命的行径，并表达了对未来实现社会理想的悲观，但他仍然试图通过提出警示，让社会主义革命重返正道。有人认

---

① 乔治·奥威尔：《奥威尔文集》，2010年，第262页。

为《动物农场》的原型是当时的苏联，是一部简缩的"联共布党史"，而《一九八四》则表达了想象中苏联社会发展可能产生的后果。这样的解读并不符合奥威尔的原意。他再三说明过，他的小说并不特指某一个国家，他鞭挞一切极权主义者，并希望以此促进社会主义运动的复兴。

奥威尔研究专家迈耶斯（Jeffrey Meyers）曾说过，"奥威尔是20世纪严肃作家中拥有读者最多、影响力最大的作家"[①]。此言不假。他已被公认为世界级的作家，他的《动物农场》和《一九八四》均被译成60多种文字，也同时被各种机构列入世界百部经典，在全世界范围内被广泛阅读。对奥威尔的研究也长盛不衰，进入新世纪之后又有数部重要学术著作出版，包括托马斯·库什曼（Thomas Cushman）的《乔治·奥威尔：走进21世纪》（George Orwell: Into the Twenty-First Century, 2004）、斯蒂芬·英格尔（Stephen Ingle）的《乔治·奥威尔的社会与政治思想》（The Social and Political Thought of George Orwell: A Reassessment, 2006）、约翰·罗登（John Rodden）主编的《剑桥乔治·奥威尔指南》（The Cambridge Companion to George Orwell, 2007）等。

---

① 杰弗里·迈耶斯：《奥威尔：生活与艺术》，马特，王敏，仲夏译，北京：经济科学出版社，2013，p. ix.

作品介绍

小说梗概

英国人琼斯先生有一个农庄，叫"庄园农场"，饲养了许多家畜家禽。一头被称作老少校的种猪在临死前留下遗言：人类无德无能，不会产奶下蛋，不会拉犁驮重，但却享尽好处，而动物们终日劳作，却受尽剥削，生活悲惨。要改变处境只有起来造反，推翻人类，建立自己的王国。老少校教导其他动物，不能因袭人类身上的缺点，如酗酒享乐等，要众兽平等，众兽一心，面对共同的敌人——人类。老少校还教动物们唱《英格兰牲畜之歌》，激发他们对新生活的向往。

琼斯原本精明，但因打官司赔了钱心中不爽，每天酗酒度日，无心管理农庄。手下雇工乘机偷懒，导致田地、果园无人管理，家畜、家禽饥肠辘辘。老少校过世数月后的某一天，母牛们一整天没有被饲喂，在饥饿中挣扎的她们冲进食料库房自行觅食，遭到琼斯和帮工们的鞭打后群起反抗，引发暴动。动物们赶走了琼斯和他的伙伴，实现了老少校的预言，自己当家作主，管理农场，在这一片土地上建立了动物政权，将"庄园农场"更名为"动物农场"。

最聪明能干的猪成了农场的领导者，其中公猪拿破仑和雪球是两位众兽拥戴的领袖。老少校生前的思想和教诲被归纳为"动物主义"，"动物主义"又被概括为类似于宪法的"七戒"写在大谷仓墙上，而《英格兰牲畜之歌》成为正式场合动物们高唱的"国歌"。在新制度之下，大家共同劳动，共享成果，推行"动物主义"，农场一度弥漫着欢乐祥和的气氛。琼斯纠集起其他农庄的人，发起进攻，试图夺回农场，但动物们殊死抵抗，击退了琼斯的队伍，取得了"牛棚战役"的决定性胜利。雪球的英勇和智慧，赢得了大家的敬重。

由于对农场管理意见不同，尤其是在是否应该花大量劳动力建造风车的问题上，两位主要领导人拿破仑和雪球发生摩擦，最后分裂成两派。关键时刻，拿破仑放出他秘密饲养的恶犬，迫使雪球落荒而逃。拿破仑独揽大权，宣布雪球为敌人，不断散布逃亡在外的雪球正在谋求颠覆动物农场政权的谣言，以巩固自己至高无上的权威。拿破仑和他的帮手们开始享受特权，逐条违背并改写"七戒"训令。动物的劳动强度越来越大，但生活却一点也没有得到改善。同时，拿破仑开始清洗持有不同意见的动物，对共同造反的动物伙伴大开杀戒。

拿破仑开始与周边农场主皮尔金顿建立友好关系，又同与皮尔金顿对立的农场主弗雷德里克签下互不侵犯的秘密协议，但弗雷德里克突然结集队伍向动物农场发起攻击。动物们浴血奋战，力图保卫他们最重要的资产——风车。他们虽然击退了进攻者，但风车被炸。屡立战功的老马"拳击手"在受伤之后被悄悄送入屠宰场，换回一箱供猪们享用的威士忌酒。好几年过去后，当年造反的动物们很多都已经死亡，有的已经老迈，有的对新体制不再抱有期待。拿破仑和他手下的猪搬进琼斯的住宅，穿上人的衣服，并学人站起来，用两脚走路。小说结束时，猪和人类正一起在酒席上举杯畅饮，庆祝双方达成的和解。农场的名字也重新改回成"庄园农场"。

主要人物

琼斯先生 Mr. Jones

人类代表，"庄园农场"的主人，因输了官司而消沉酗酒，对农场动物疏于管理，引发后者造反，被赶出农场。后联合其他农场人类试图反攻未成，最后死在醉汉收容所。

老少校 Old Major

一头曾在畜展中获奖的种猪，是农场动物中威望很高的动物，他对动物们不幸命运的分析和他指出的方向，导致了动物们的暴动；他提出的行为准则，成为新动物社会的政治纲领。

拿破仑 Napoleon

农场中唯一一头伯克夏种猪，有军人气度，话语不多，相信强权，也善于在暗处游说，培植羽翼。建立了动物政权后，他谋求大权独揽，逐渐演变为独裁者，为维护统治不择手段，最后像人一样堕落，走上了与建立政权初衷相反的道路，背叛了动物革命。

雪球 Snowball

农场的一头种猪，另一个领导者，有自己的政治理想和理论，也有才智和勇气，曾深得农场动物的拥戴，对嗜权的拿破仑形成威胁。后来遭到诬陷，被暴力赶出农场。

拳击手 Boxer

农场的一匹挽重拉车马，力大无比，既是战斗英雄，也是劳动模范，相信领导，不善思考分析，是"愚忠"的典型。在"牛棚战役"和风车建造中屡立大功，但最终被耍弄，落得悲惨的下场。

苜蓿 Clover

农场中一匹母马，拳击手的伙伴，善良、关爱，像个慈爱的大妈，凭直觉区分善恶，没有清醒的政治意识。

本杰明 Benjamin

农场中年纪大、脾气倔的一头老驴，但十分清醒，冷眼旁观，是唯一能够看清形势的动物，但不作为，对一切报以一种宿命论和愤世嫉俗的态度，不是拿破仑政权的积极拥戴者，也不是活跃的反抗者。

尖嗓 Squealer

农场的一头小胖猪，巧舌如簧，能颠倒黑白，指鹿为马，善于用语言蛊惑大众，是拿破仑的宣传机器，全心全意地为权力服务。

摩西 Moses

一只驯化的乌鸦，原先是农场主琼斯的宠物，自诩为某种先知，鼓吹白云上方"糖果山"的美好生活，规劝动物们对现世逆来顺受。

小不点 Minimus

一头趋炎附势、阿谀逢迎的猪，为领袖拿破仑写赞美诗、唱颂歌的御用文人。

莫莉 Mollie

为琼斯先生拉车的白色小母马，贪吃、懒惰、爱臭美，只关心自己，怀恋过去的日子，对农场发生的大事不感兴趣，是落后群众的代表。

皮尔金顿 Pilkington

人类代表。邻近的福克斯伍德农场场主。以前与平彻菲尔德农场主弗雷德里克矛盾重重，但动物革命后，怕殃及自身，又联手组成武装队伍前去镇压，但最后改变策略，与动物农场的统治者合作，谋取好处。

弗雷德里克 Frederick

人类代表。邻近的平彻菲尔德农场场主，精明且善于经营，但遇事斤斤计较，不肯吃亏，在交易中使用欺骗手段让拿破仑无地自容，也与其他农场联合讨伐动物农场。

温佩尔先生 Mr. Whymper

律师，为动物农场当经纪人，牵线搭桥，促成与人类的贸易往来，自己乘机从中渔利。

主要人物关系图谱

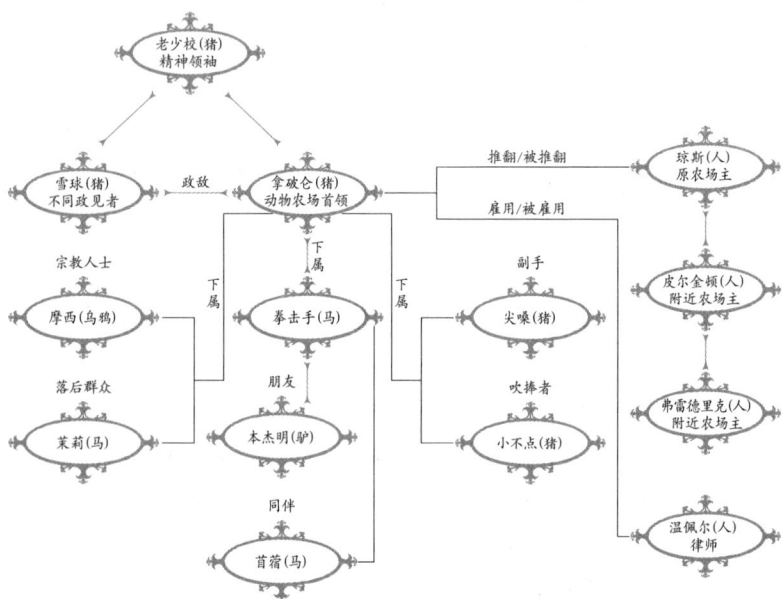

文本细读

书 名

奥威尔的小说《动物农场》最初在英国出版时，书名有一个副标题"一个童话故事"（A Fairy Story），1946年在美国出版时，出版社删除了副标题。这部作品用的是"童话故事"的形式，实质内容却是严肃的政治主题。奥威尔显然希望通过形式与主题之间的反差，创造一种反讽效果。

最早的中译本是身在美国的任穉羽翻译的，书名是《动物农庄》，1948年由商务印书馆出版，但被当作少儿读物。之后又有不下30种不同的中译本，大多是进入新世纪以后翻译出版的，另外还有编译本、彩绘本、中英文对照本、导读本等。不同译本用不同的书名，有沿用《动物农庄》的，也有译为《动物庄园》《动物农场》和《兽园》的。国内比较流行的译本是1988年张毅和高孝先译的《动物庄园》和2003年傅惟慈译的《动物农场》。本书导读、注释等中文撰写的部分，凡涉及小说内容的，如人物译名，均参照傅惟慈的译本。书名也用傅译的《动物农场》。小说中的农场原名为"庄园农场"（Manor Farm），动物们夺权后更名为"动物农场"（Animal Farm），以区别于领主的庄园。"动物农场"是比较恰当的译名。

第1章

内容提要

农场主琼斯先生喝醉了酒，东倒西歪回屋睡觉后，农场的动物们按约定来到大谷仓聚集。年事已高但备受尊重的种猪老少校有事要向大家交代。动物们到来后，老少校说他昨天做了个梦，但在"说梦"之前，跟大家分析了动物们的生存状况及导致不幸的原因。他说，英格兰有富饶的土地和理想的气候条件，土地上的物产足以让所有动物过上好日子。但是为什么现在每日必须高强度劳作，却只有勉强维持生存的食粮？这是因为人主宰了动物的命运。他们不劳而获，夺走了牛奶、鸡蛋，占有了动物耕耘种植的粮食。要改变现状，动物们的唯一出路就是造反，要造反就必须团结一心：所有动物都是朋友，所有人类都是敌人。老少校最后讲了他的梦，说他梦中突然记起了小时候听母亲唱的一首歌——《英格兰牲畜之歌》。他唱给大家听，大家也都跟着学唱。

主题提示

在这一章中，老少校以"革命导师"的角色出现，高屋建瓴，给动物们作了社会现状分析，揭示他们悲惨命运的根源是人类的剥削，指明改变命运的方向是推翻人类的统治。同时他又指出，如果动物自治得以实现，他们不能因袭人类的恶习。

注　解

第5页，第11行
the prize Middle White boar
获奖的中白猪。中白猪是英国当地家猪的一个品种，源于约克郡。prize指农牧展评中设的优良品种奖；boar，作为种猪用的公猪。

第5页，第16行
Willingdon
威林顿，英国东部靠海的小城，小说故事发生的背景地。

第5页，第25-26行
tushes had never been cut
獠牙从未被修剪过。有些品种的公猪仍有野猪的部分特征，獠牙比较长，需要修剪，以防止对人类和其他猪的伤害。

第6页，第2-3行
the sheep and cows ... began to chew the cud
绵羊和母牛……开始咀嚼反刍食物。牛、羊等偶蹄类动物会把经过粗嚼吞下的食物再返回嘴里细嚼。chew the cud也常用其引申义，例如：He sat for a moment chewing the cud before he spoke. 他坐着沉思了一会儿后，才开口说话。

第6页，第8-9行
had never quite got her figure back after her fourth foal
第四次产驹之后，她就没怎么恢复到之前的体态。foal，马科动物的幼崽。

第6页，第9-10行
nearly eighteen hands high
几乎有18手高。"手"是长度单位，相当于成年人一只手的宽度，约10厘米。此度量单位主要用于量马（从前蹄至肩）的高度。

第6页，第35行
drew Mr. Jones's trap
拉琼斯先生的马车。trap指一种双轮轻便马车。

第7页，第1行

flirting her white mane

卖弄她的白色鬃毛。flirt (with)，挑逗性地展示，调情，如flirt with the local women 与当地妇女调情；flirt with danger 爱冒险。

第8页，第8行

produce

名词，一般指农副产品，如 the local produce，当地土特产，注意发音：重音在第一个音节，即/ˈprɒdjuːs/。

第8页，第21-22行

thousands of gallons of milk

成千加仑的牛奶。gallon，加仑，液量单位，缩写为gal。英制加仑和美制加仑在液量表示上略有不同。英国于1995年转用国际计量单位，gallon这个计量单位目前主要美国使用。1加仑约等于0.26升。

第8页，第32行

In return for your four confinements

你四次怀孕生产换回的只是。confinement，原意指幽禁，如his many years of confinements 他多年被监禁。也指分娩，例如：When does she expect her confinement? 她的预产期是什么时候？

第8页，第36行

to reach their natural span

寿终正寝，达到自然一生的终点。span，长度。

第9页，第4行

porkers

肉猪，即育肥以供肉用的猪。

第9页，第10行

knacker

收购老、弱马匹供屠宰的人，也泛指收购废旧器件（如旧船、旧车、旧房）以供翻修或拆用的人。

第9页，第10-11行

boil you down for the foxhounds

把你煮烂做成猎狐犬的食物。英国有猎狐（fox-hunting）的传统，猎狐是一种富家的室外娱乐。foxhound，猎狐犬，是英国专门培养的一种腿长、体态轻快的犬类。

第10页，第13-14行

There were only four dissentients

只有四个反对。dissentient一般是形容词，尤其表示对既定观念持不同意见的，如dissentient voice 不同政见的声音。此处用作名词，指持不同意见者、反对者。

第10页，第27行

tyrannize over his own kind

残暴对待自己的同类。tyrannize是施行暴政，也可拼作tyrannise，源自名词tyrant（暴君）和tyranny（暴政）；over表示对待对象，例：The tiger, king of the wild, tyrannizes over all the jungle animals. 万兽之王老虎残暴地统治着丛林里的所有动物。

第11页，第8-9行

Beasts of England

《英格兰牲畜之歌》，此诗让人联想到雪莱的著名诗歌 *To the Men of England*（《献给英格兰人民的歌》）。不仅诗歌标题类似，其主题也有共同之处。雪莱的诗第一节就道出了阶级之间的不平等：Men of England, wherefore plough / For the lords who lay ye low? / Wherefore weave with toil and care / The rich robes your tyrants wear?

第11页，第12-13行

it was a stirring tune, something between *Clementine* and *La Cucaracha*

曲调很动人，各有点*Clementine*和*La Cucaracha*两首歌的味道。*Clementine*是一首西班牙传统歌曲；*La Cucaracha*是一首法国歌曲。

第11页，第15行

Beasts of every land and clime

各方各地的牲畜们。clime（书面语）气候区，地带，例如：He followed his physician's advice and moved to sunny climes. 他听从医生的建议，搬到阳光和暖的地方去了。

第11页，第16行

Hearken to my joyful tidings

听我告诉你们一个喜讯。hearken（/ˈhɑːkən/，书面语）亦作harken，倾听，聆听；tidings（古）消息，信息。

第11页, 第19行
Tyrant Man shall be o'erthrown

人类的暴政将被推翻。o'erthrown = overthrown，出于音节的考虑，诗歌中有时可以用"'"来省略一个音节，如"over"/'əʊvə/是双音节，写成"o'er"就变成单音节三元音 /əʊə/。例：华兹华斯的著名诗歌《黄水仙》的第一句 I wandered lonely as a cloud / That floats on high o'er vales and hills. 我似一片游弋的孤云 / 从空中飘越沟谷山峦。

第11页, 第24行
Bit and spur shall rust forever

马嚼和马刺从此被遗弃锈蚀。bit，扣于马嘴上以控制其行动的器具；spur，马刺，附于马靴上带刺的铁球，骑者夹紧双腿时尖刺刺入马的皮肤，刺激其加快速度。这两样东西代表着人类对动物的控制与虐待。

第11页, 第28行
mangel-wurzels

亦作mangold，用作饲料的一种甜菜根。

第12页, 第19行
The cows lowed it, the dogs whined it, the sheep bleated it, the horses whinnied it, the ducks quacked it.

与中文一样，英语中不同动物的叫声常常用不同的动词。这句便包括很多例子：the cows low 牛哞；the dogs whine（更常用 bark）犬吠；the sheep bleat 羊咩；the horses whinny 马嘶（更常用neigh）；the ducks quack 鸭嘎。

第12页, 第27行
let fly a charge of number 6 shot

发射了一梭子6号子弹。6号子弹是手枪用的小号子弹。

第2章

内容提要

　　三天后老少校去世，但他的遗言让动物们对"庄园农场"这个小社会、对他们自己有了新的认识。虽然表面上一切照常，但动物们时常召开秘密会议，暗中为迎接早晚会到来的暴动做着准备。琼斯先生输了官司之后终日酗酒，不务正事，农场帮工乘机偷懒。没有被喂食的奶牛终于忍无可忍，冲出牛棚自己觅食，琼斯带着帮工手持皮鞭抽打驱赶。被激怒的牛群用犄角攻击主人和帮工，其他动物前来相助，动物的行为令琼斯他们猝不及防，落荒而逃。动物们乘势追击，把人们赶出农场。成功突如其来，令动物们始料未及，很难相信自己真的成了农场的主人。他们视察了属于自己的那片土地，进入琼斯先生的住宅，看到了他奢华的生活，当场决定将这座房子改为博物馆，以警示以后任何动物不要像人类那样穿着、行事、生活。聪明的公猪拿破仑和雪球开始规划农场的未来，把老少校的思想归纳为七条戒律，用油漆写在仓房的墙上。同时，他们将"庄园农场"更名为"动物农场"。

主题提示

　　动物们在革命理论的指导下提高了政治觉悟。虽然事件的起因是偶然的，但点燃了反抗的星火。动物们行动起来，用暴力推翻了原来的统治者，将老少校的理念变成了现实，建立了自治的动物共同体。他们更改了相当于"国号"的农场名，并确立了政治纲领"七戒"，以分清敌友，强调动物间的平等地位，防止特权和蜕变。

注　解

第13页，第16行

Berkshire boar

伯克种公猪。伯克郡是英格兰南部的一个郡，以该郡命名的伯克猪是名贵良种，全身黑毛，四蹄白色，成年公猪的重量可达250公斤以上。

第13页，第30行–第14页，第1行

they gave the name of Animalism

他们称其为动物主义。Animalism是一个杜撰词，在小说中代表一个杜撰概念，即老少校所提出的以所有动物一律平等以及与人类划清界限为主旨的思想体系。

第14页，第4–5行

met with much stupidity and apathy

遇到的是愚昧和漠然。apathy，无动于衷，冷漠。注意与sympathy的区别：sympathy是"动情"，apathy是"不动情"，例：He was angered by the members' apathy and inaction. 成员们不为所动令他生气。

第14页，第26–27行

to counteract the lies put about by Moses

清除摩西散布的那些谎言。Moses在小说中是一只乌鸦，是动物中"牧师"的形象。Moses这个名字来自圣经人物，古代犹太人的领袖，据传是他带回了上帝的律法。这里可见作家对待宗教的态度。

第14页，第28行

a tale-bearer

谎言传播者。tale，故事，也可指谎言，例：Don't let me catch you telling tales again. 别让我再逮着你说谎。bearer，送信人，传信息的人。

第14页，第30–31行

a mysterious country called Sugarcandy Mountain

一个叫做糖果山的神秘国度。Sugarcandy Mountain小说中指理想的归宿地。Sugarcandy是个杜撰词，由sugar和candy两个词合成。sugar和candy都是糖，前者指作为原料的糖，后者指作为零食的糖，影射宗教中的"天堂"之说。

第15页，第16行

of late he had fallen on evil days

近来时运不济。of late = lately，近期；evil口语中可用于指"倒霉的"，evil days即坏日子，背运的日子，例：The examination will determine everything, but I feel this will be my evil day. 考试将决定一切，但我预感那会是我遭遇厄运的一天。

第15页，第20行

Windsor chair

一种古老式样的座椅，除座位外其余部分都由加装饰的圆木条构成，以较高的弧形直靠背为特征，比较轻便。虽称为Windsor chair（温莎椅），但不一定源自英国的温莎。

第15页，第26行

On Midsummer's Eve

在仲夏之夜。Midsummer又称施洗约翰节（St John's Day），为6月24日。

第15页，第32行

News of the World

《世界新闻》。英国发行量很大的主要报纸之一，创办于1843年，2011年在电子媒体的冲击下停刊。

第16页，第13-14行

took to their heels

落荒而逃。take to one's heels：滑脚溜走，逃之夭夭，例：Seeing the policeman, he took to his heels. 见到警察，他立刻溜走了。

第16页，第34-36行

the cruel knives ... used to castrate the pigs and lambs

用来阉割猪和羊的残酷的刀具。castrate：阉割，去势，即为培育品质更好的肉用牲畜，或为方便育肥，或为方便圈养而破坏雄性动物的生殖系统。有些国家认为阉割是残酷虐待动物而禁止。

第16页，第36行-第17页，第1行

The reins, the halters, the blinkers, the degrading nosebags

缰绳、笼头、眼罩、挂在脖子上的侮辱性的草料袋。这些都是马具，用于控制马的行动，或用于喂食。

第17页，第20行

slept as they had never slept before

从未如此心满意足地睡过一觉。注意此类表达：Back home, I ate as I had never eaten before. 回到家后，我美美地大吃了一顿。

第17页，第24−25行

a knoll that commanded a view of most of the farm

一个俯瞰大部分农场的小丘。command：（建筑、位置）居高临下，例：We had a commanding view of the valley. 我们可以俯视整个山谷。

第18页，第11行

the horsehair sofa

马毛沙发。马毛常被用作沙发的填塞物。

第18页，第12行

the Brussels carpet

布鲁塞尔地毯，也称比利时地毯，是一种较厚的单色或以单色为主调的带毛圈的地毯。

第18页，第12−13行

the lithograph of Queen Victoria over the drawing-room mantelpiece

客厅壁炉上方维多利亚女王的石印画。lithograph：也称litho，一种用石印术或平板印刷术印刷的作品。Queen Victoria：维多利亚女王，1837−1901在位，该时段称为维多利亚时代，是大英帝国最辉煌的时期。

第18页，第22行

was stove in with a kick

被一脚踢穿。stove：原型为stave，作为名词指围成木桶的桶板，或木船的船板。作为动词指击穿（桶板，船板），例：The waves violently pushed the boat against the rock, which stove in one side of the craft. 水浪猛烈将小船推向岩石，致使其一侧被击穿。

第19页，第12行

Seven Commandments

七戒。commandments：戒律，大写为基督教的"十诫"。小说中的"七戒"与圣经中"十诫"相呼应，表示动物行为的最高准则或法规。

Let us make it a point of honour

为了我们的荣誉。a point of honour：名誉攸关，面子问题，
例：It is a point of honour with the company to pay in full as
agreed upon. 为了维护公司荣誉将按照约定全额付款。

第3章

内容提要

　　动物中最有学识的猪成为农场的管理者，其中拿破仑、雪球和尖嗓是管理层的主要成员。正逢牧草的收割季节，除了个别之外，全体动物精神抖擞，齐心协力，劳动的干劲和成果都胜过了琼斯时代。动物农场开始了新制度的建设，办起了读书班学文识字，也组织了各种协会。雪球在绿色的布上画了白色的兽蹄和牛角，做成旗帜。每个星期日，动物们要在谷仓召开全体大会，升旗，唱《英格兰牲畜之歌》，同时讨论有关议题，规划下一周的工作。对动物们而言，这是人人平等的一段快乐时光。但美好时光中潜伏着未来的危机。动物农场的两个主要领导人拿破仑和雪球常常话不投机，观点对立，在雪球越来越得到民众拥戴的同时，颇有心计的拿破仑偷偷豢养着9条恶狗。更严重的是，挤下的牛奶不见了，后来发现被拌进了猪的食物中。而且猪又发出指令，让动物们将果园的落果收集起来搬到猪的住处。这些事激起了动物们的不满情绪，此时小肥猪尖嗓出面解释：猪是农场的大脑，承担着繁重的领导责任，享用牛奶和苹果完全是出于农场全体利益的考虑。

主题提示

　　动物们拒绝人类的遗产，但全新的社会模式有待建立。新政权有了自己的政治符号：国旗、国歌、仪式和"大集会"，同时也开始了基础教育和社团组织，建立了不同于琼斯时代的新体制。猪成为领导层，负责管理，分配公共资源，但不参加具体劳动。农场的权力之争已在暗中打响，威胁着新生的民主机制，而且，新的特权阶级亦已初露端倪。

第21页，第18-19行

calling out "Gee up, comrade!" or "Whoa back, comrade!" as the case might be

根据情况叫喊着"驾，同志！"或"吁——，同志！"。注意，从一开始，猪就承担了人的角色，而其他动物还是做原来的事。Gee up：策马的喊叫声："驾！"，可以用作其他情景，相当于"加油"，也可用于一般动词词组里，例：The boy does not seem to have much interest in his studies, and we need to gee him up. 孩子好像对学习没有兴趣，我们应该给他鼓鼓劲。Whoa back：是吆喝马停下或放慢速度的喊声，相当于"吁——"声。

第22页，第9-10行

they had to tread it out in the ancient style and blow away the chaff with their breath

他们不得不采用古老的方法进行踩踏，然后用口吹掉杂物。chaff：指谷壳和细碎的草片。

第22页，第25行

as his personal motto

作为他个人的座右铭。motto：表达动机、决心的浓缩精炼的话，警句，箴言，例：Our motto is: "Plan for the worst, and hope for the best." 我们的口号是，做最坏的打算，抱最大的期待。

第22页，第33-34行

leaving work early on the ground that ...

以……为借口早早离开了工作。on the ground that / on the ground of：以……为理由（一般含有"非正当"，"非真正"的意思，托词，借口），例：The congressman suddenly announced his retirement on the ground of health. 该国会议员突然宣布因健康原因退休。

第23页，第27行

a general assembly

全体大会。assembly：集合，聚会，例：Unite Nations General Assembly 联合国大会；a religious assembly，为宗教目的聚集在一起的人群。

第25页，第3行

but never exercised his faculty

从不发挥他的特长。exercise：（正式）履行（义务）、行使（权力）、运用（能力）、施加（影响）等；faculty：（身体、头脑）功能，（天赋、技能等方面的）能力。

第26页，第14-15行

both whelped soon after the hay harvest, giving birth between them to nine sturdy puppies

干草收割后不久都怀孕了，合起来一共生下9条结实的狗崽。whelp：*n.* 狗崽，*v.* 产崽。注意，句子中的"between"不是常用的"两者之间"的意思，表示：作为共同努力的结果，合力形成，例1：We managed to put up a show between us. 我们携手努力，排演了一套节目。例2：The three kids saved over a hundred dollars between them. 三个孩子一共存下了100多美元。

第26页，第24-25行

the orchard was littered with windfalls

果园里到处散落着落果。windfall：落果，（风吹）掉落的没有完全长好的果子，尤其指苹果。引申可指意外之财，例：The windfall allowed me to buy a new car. 我用这笔额外收入买了辆新车。

第4章

内容提要

　　动物们在琼斯的农场推翻人类统治的消息，在英格兰乡村不胫自走。各处的动物们感到欢欣鼓舞，跃跃欲试，而各地农场的主人们则故意摆出不屑一顾的嘲笑态度，预言动物政权马上会垮台，但预言并未成真。人们接着散布谣言，进行抹黑诋毁，但效果不大。他们十分担忧，生怕星火蔓延。临近的农场主皮尔金顿和弗雷德里克互相间矛盾重重，都曾因自己的竞争对手琼斯被动物们赶走感到兴奋。但随着事件的发酵，他们担心自己农场中的动物也会效法而行，于是联手组织人马，发起对动物农场的讨伐。雪球早有准备，且战且退，诱敌深入，到达牛棚前面时，伏击的动物们突然冲出，让进犯者猝不及防。激战中雪球负伤，但仍然指挥动物们英勇奋战，直到琼斯的人马落荒而逃。雪球展示了个人的才智和勇气，领导了后来被命名为"牛棚战役"的保卫战，他和勇敢作战的拳击手一起被授予"一级动物勋章"。

主题提示

　　在这章中，动物建立新政权的消息在英格兰乡村传开，人类试图用"舆论战"压制事态的发酵，但没有成果。于是，他们发起了意在夺回农场的武装进攻，而动物们也已组织起来，武装保卫政权。由于外敌的威胁，动物农场内部矛盾暂时被掩盖。

注 解

第28页，第7-8行

sitting in the taproom of the Red Lion

坐在红狮酒店的吧台。tap：特指酒桶上的旋塞；taproom：指酒吧，或酒吧台。

第28页，第25-26行

with a name for driving hard bargains

他以斤斤计较而名声在外。a name for：因……而知名；drive hard bargains：或drive a hard bargain，（交易、谈判时）竭力讨价还价以更多获利。

第29页，第12-13行

practised cannibalism

同类相食。cannibal：原指食人的动物，后延伸指同类自食者，例：Some insects are cannibals. 有些昆虫会吃同类；cannibalism：同类相食现象，人吃人现象。

第29页，第14行

had their females in common

共享雌性动物。作家影射当时西方对共产党"共产共妻"的谣言攻击。in common共有，共享，例：Extra charges should be borne in common. 额外收费部分大家共同负担。

第29页，第25-26行

hunters refused their fences and shot their riders on to the other side

马拒绝跳跃栏杆，（因急停）而把骑马人摔到了（栏杆的）另一边。hunter：狩猎用的马。

第29页，第31-32行

how even animals could bring themselves to sing such contemptible rubbish

动物怎么居然会让自己唱这种让人鄙视的垃圾歌曲。bring oneself to：强迫自己，迫使，例：He brings himself to learn French for four hours a day. 他迫使自己每天花四个小时学习法语。

第30页, 第14−15行

an old book of Julius Caesar's campaigns

关于凯撒大帝的战役的一本旧书。Julius Caesar：尤利乌斯·凯撒（公元前102−44），史称凯撒大帝，是古罗马帝国的奠基者。

第30页, 第25−26行

only a light skirmishing manoeuvre

只是一场小小的接触战。skirmish：*n./v.* 小规模战斗；manoeuvre：（美式英语为maneuver，注意拼写的两处差异）调遣，机动，战术运作。

第30页, 第33行

hobnailed boots

圆钉靴子。是一种鞋底有圆钉（防滑和增强牢度）的大头靴子或高帮皮鞋。

第31页, 第12行

Snowball flung his fifteen stone against Jones's legs.

雪球将自己二百多磅重的身躯撞向琼斯的两腿。stone：亦作pit，英石，重量单位，相当于14磅。

第31页, 第28行

make a bolt for the main road

朝着大路飞跑。bolt：指马受惊突然快跑；make a bolt：突然快跑，猛冲，例：The fox made a bolt for the bushes. 狐狸突然跑向灌木丛。

第32页, 第20−21行

An impromptu celebration of the victory was held

举行了一场即兴的胜利庆祝会。impromptu：*adj./adv.*，自发的，即兴的，临时的，例1：an impromptu press conference. 一场临时记者招待会。例2：He stepped onto the platform and spoke impromptu. 他登上讲台做了即兴发言。

第32页, 第28−29行

create a military decoration, "Animal Hero, First Class"

新设军人奖章"一级动物英雄"。decoration：荣誉奖章，勋章（专指授给军人的奖励或奖章），例：He was decorated for bravery. 他因勇敢而受到嘉奖。

第32页，第34-35行

was conferred posthumously on the dead sheep

追授予牺牲的绵羊。confer (on / upon)：（正式）授予（学位，勋章等）；posthumous：身后的，死后的，例1：a posthumous child，遗腹子。例2：The novel was published posthumously. 小说是作家身后出版的。

第5章

内容提要

雪球有智谋，也有勇气，赢得了农场动物的广泛拥戴，但拿破仑与他在几乎每一个问题上观点对立。关于造风车和关于农场防御孰重孰轻的争论，双方互不相让，最后决定由动物大会投票决定是否建造风车。会上，能言善辩的雪球对风车会带来的美好前景进行了浪漫主义的描述，而拿破仑言语不多，沉着应对，坚决反对雪球的风车计划。从场面上看，雪球获得了明显占多数的支持者，即将赢得票决。此时拿破仑放出9条恶犬，雪球反应迅速，才得以逃出农场。拿破仑宣布从今以后星期天大会不再讨论问题，而改为由拿破仑宣布决定。一些动物表示异议，但在恶狗的怒目相视之下，质疑者保持了沉默。雪球被逐出农场之后的第三个星期天，拿破仑宣布了建造风车的计划，动物们大惑不解。还是尖嗓出面做出解释：这是领袖的策略，建风车其实原本就是拿破仑的想法，他这样做是为了暴露隐藏的敌人。

主题提示

领导成员之间对未来发展的观念之争背后，其实是动物农场的权力之争。强调发展先进技术（以风车为象征）的雪球和强调发展农场武装防御外敌的拿破仑，都希望获得农场成员的支持。但是，以投票方式决定农场走向的民主制度遭到破坏，拿破仑发动"政变"，暴力夺权，并宣布新政，取消动物大会民主议事程序，将大权独揽于一身，此后又窃取"政敌"的施政方案。

注 解

第35页，第5行

between the shafts of a smart dogcart

在一辆轻便马车的两条辕杆之间。shafts：人力/畜力车辆向前伸出的两条拉杆；dogcart：又作dog cart，双轮马车，有背靠背的横座，座位下有放狗（打猎用）的空间，故得名。

第35页，第7-8行

man in check breeches and gaiters, who looked like a publican

穿着方格马裤的看上去像酒店老板的人。check：方格图案的布料；breeches：用复数，马裤；publican：酒店老板（在英国酒吧称为pub）。

第35页，第20行

be ratified by a majority vote

（决定）需要得到多数票的核准。ratify：正式批准，签署，确认（条款，合约，协定等）。

第35页，第32行

canvassing support for himself in between times

会议之外游说，博取支持。canvass：v. 拉选票，例：They were canvassing for the Republican Party. 他们为共和党争取选票。in between times：注意此处两个介词连用，在两个时间段中间。

第36页，第3-4行

back numbers of the *Farmer and Stockbreeder*

过期的刊物《农场与畜牧经营者》。*Farmer and Stockbreeder*：可能指1922年开始出版的*Farmer and Stockbreeder Year Book*《农场与畜牧经营者年鉴》；back number：过期报刊。

第36页，第6行

field drains, silage, and basic slag

农田排水、青贮饲料和碱性沉渣。这些都是（杂志中学来的）关于农牧业方面的知识。

第36页，第11-12行

and seemed to be biding his time

好像是在等待机会。to bide one's time：等待时机，例：She patiently bided her time before making a bold escape. 她耐心等

待机会，然后大胆出逃。

第36页，第20-21行

a circular saw, a chaff-cutter, a mangel-slicer, and an electric milking machine

圆锯，铡草机，甜菜切片机和电动挤奶器。这里列举的都是与农牧业相关的机械。

第36页，第25行

Snowball conjured up pictures of fantastic machines

雪球想象了各种奇妙机器的图景。conjure (up)：魔术般地变出，脑中浮现，想象出。例：She could not conjure up the image of that familiar name. 她想不起那个熟悉的名字是个长得怎么样的人。

第36页，第32-33行

One Thousand Useful Things to Do About the House, Every Man His Own Bricklayer, and Electricity for Beginners.

这里是几本家庭维修方面的自学书籍：《居家杂务一千例》《自己当泥瓦匠》和《电工入门》。

第37页，第5行

grew into a complicated mass of cranks and cog-wheels

发展成为由杠杆和齿轮组成的复杂结构。mass：庞杂的一堆。

第38页，第6-7行

to recapture the farm and reinstate Mr. Jones

夺回农场，让琼斯先生回来管理。reinstate：恢复为原状态，原职，原地位，例：There were rebellions around the country demanding that the old king be reinstated. 该国各处出现造反，要求老国王复位。

第38页，第9-10行

made the animals on the neighbouring farms more restive than ever

导致周边农场的动物们从未如此不安分。restive：烦躁，不安宁（与 "rest" 没有关系），例：The horses are restive tonight. There might be wolves around. 今晚马匹躁动不安，周围可能有狼。

第39页，第24-25行

He was running as only a pig can run

拼命狂奔（以猪能跑的最快速度）。注意类似的表达，例1：She danced as only a Gypsy can dance. 她以完全属于吉普赛人的风格跳舞。例2：The lion roared as only a king of the jungle can roar. 狮子用充满丛林之王的威仪吼叫。

第40页，第24行

tried hard to marshal his thoughts

竭力理清思路。marshal: *v.* 整队集合，（比喻用法）排列，整理，例：To write a good article, you need to marshal all the facts together and then judge and arrange them. 要写好文章，你需要整理所有细节，然后判断和排列。

第41页，第10-11行

with his moonshine of windmills

关于风车的胡说八道。moonshine：蠢话。胡言，妄想。例：He hates all wars and believes that the glory of war is nothing but moonshine. 他憎恨所有战争，认为战争的荣耀是纯粹的胡言。Moonshine的另一个意思是私酒（非法酿制和贩卖的酒类）。

第41页，第19行

That is the watchword for today.

这是今天的口号。watchword：要义，口号（用以表达某个人或团体的信念或核心目标），例：Environmental quality will be the watchword for the 21st century. 环境质量将是21世纪的核心观念。

第41页，第30行

By this time the weather had broken

（按上下文译义）等到天气变暖时。break：进入某种新状态，尤其指天气突变，例1：The weather broke and thunder rumbled. 天气突变，雷声响起。例2：After a severe winter, the spring broke slowly. 严寒的一冬过去后，春天慢慢到来。

第6章

内容提要

　　拿破仑成了动物农场说一不二的领袖。春天，动物们耽误了有些作物的播种时节，这预示着冬天可能食物不足，而且风车建造也出现了一时难以解决的问题。夏天过去后，物资短缺的问题渐渐显现，包括钉子、马蹄铁掌、绳子等，尤其是工具和风车的机械，动物们无法自给自足。星期天的大会上拿破仑宣布，为解决眼前的紧迫问题，他决定与人类进行贸易，出售部分当年的干草、谷物和鸡蛋，希望动物们以集体利益为重。质疑的声音被恶犬的吼声压灭了。随后，猪们搬进了琼斯的房子居住，睡在床上，吃小灶。动物们似曾记得有条文禁止动物睡床铺，更记得"七戒"的第一条便是"凡用两条腿走路的都是敌人"，但尖嗓开始曲解"七戒"中的相关条文，说服质疑者事实并非如此。冬季将临，刮起的大风吹落了琼斯住宅的瓦片，果园里一棵树也被连根拔起。动物们失望地发现，尚未完工的风车已经崩塌。拿破仑宣布，这是叛徒雪球乘着黑夜进行的破坏，动物们感到吃惊和愤怒。同时，拿破仑宣布冬季重建风车。

主题提示

　　新政权遇到了建设家园的困难，决定与人类交往，首次违反作为"建国"原则的"七戒""宪法"，接着其他条例也被打破。拿破仑和其他猪掌握着经济大权、武装力量和宣传机器。新的特权阶层产生，享受其他动物的劳动成果。同时，拿破仑以树立"假想敌"的方法，进一步巩固了自己的大权。

注 解

第44页，第2-3行

they grudged no effort or sacrifice

他们全力以赴，不怕牺牲。grudge：（因不满而）不愿给予，抱怨，例：He grudged the time that the meeting involved. 他不愿参会，因为开会太浪费时间。grudged no (effort, time, money)：不遗余力，不惜时间，不计钱财。

第44页，第20行

There was a good quarry of limestone

有一个不错的石灰岩采石场。quarry：露天采石场；limestone：石灰岩。

第45页，第10行

yoked themselves into an old governess-cart

将自己套进一辆老旧的马车。yoke：*n.*（牛、马车）车轭，*v.* 套上车轭；governess-cart：一种小型敞篷双轮马车，以小车斗和两面相对的四座位车厢为特征。

第46页，第1-2行

The animals were not badly off throughout that summer

整个夏天动物们过得还算不错。badly off：境况不佳，贫困拮据，与well off（境况好，富有）相反。例：Obviously, the local people were badly off. 很显然，当地人生活十分贫困。

第46页，第4-7行

The advantage ... was so great that it would have taken a lot of failures to outweigh it.

其优越性如此之巨大，足以抵消很多（尝试中的）失误。outweigh：*v.* 重量压过，更重，更有分量，例：You are a big shot, and your opinions always outweigh mine. 你是要人，你的看法永远比我的重要。

第46页，第13-14行

as the summer wore on

随着夏天慢慢过去。wear on：消逝，慢慢过去，例：The afternoon wore on and she became restless. 下午的时间渐渐过去，她变得坐立不安。

第46页，第18行

need for seeds and artificial manures

需要种子和化肥。artificial manures：人造肥，即化肥。

第47页，第19-20行

a solicitor ... had agreed to act as intermediary

一名律师答应充当中间人。solicitor：律师。请注意与lawyer（律师）的区别。lawyer是经过法律专业培训的专门人员，可在法庭审理程序中参与诉讼，代表客户；solicitor亦被称为初级律师，职责是处理各种法律文书，接受诉讼委托，但出庭权受限。intermediary：中间人，调解人，媒介物，= broker（经纪人，掮客），见下一注释。

第48页，第5-6行

Animal Farm would need a broker and that the commissions would be worth having

动物农场需要一名经纪人，可以获得一笔代办费。broker：= intermediary，见上一注释。commission：佣金，中间费，代办费，回扣，手续费。

第48页，第15-16行

held it as an article of faith

抱以坚定的信念。article：条文，条款，规定；an article of faith：信条。

第48页，第18行

meet in the public-houses

在各家酒吧碰面。public-house：简称pub，一般指音乐声很大可以跳舞的酒吧，bar指比较安静，利于交谈的酒吧。但现用法不太以此为区别。

第48页，第26-27行

They had also dropped their championship of Jones

他们也不再为捍卫琼斯先生的利益而战了。champion：v. 支持（某事业），为某事业而呼吁，例：The minority people were championing for equal rights. 少数族裔人发起了争取平等权利的运动。championship：n.（对倡议，主张等的）捍卫，支持。

第49页，第34行

A pile of straw in a stall is a bed, properly regarded.

确切地说，牲口棚里的草堆也是一张床。properly regarded：
= if it is properly regarded，从一个角度上说，确切地说，例：
Properly regarded, this donation is a strategic investment. 从某个
角度来看，这笔捐款是个战略投资。

第50页，第15-16行

the stores of food for the winter were none too plentiful

冬季食品储存远非充沛。be none too：= far from，完全不，一
点也不，例：Besides, my eyesight is none too good. 另外，我的
视力也很糟糕。

第50页，第25行

admiring the strength and perpendicularity of its walls

仰慕其坚实直挺的墙体。perpendicularity：（来自形容词per-
pendicular，垂直的）直角，陡峭状态，例：Before them stood
a perpendicular cliff that was almost impossible to climb. 他们面
前是一道几乎无法攀登的陡峭悬壁。

第51页，第8行

With one accord they dashed down to the spot.

他们不约而同冲向事故现场。accord：一致，例1：Both sides
are in accord with this point. 双方对这点不持异议。with one
accord：= in a united way，共同，抱团，一起（做某事），例
2：With one accord, the audience stood up and cheered. 听众不
约而同站起来鼓掌。

第51页，第9行

seldom moved out of a walk

总是慢条斯理的。直译：很少突破慢走的习惯/节奏。

第51页，第28-29行

half a bushel of apples to any animal who brings him to justice

哪个动物能使他（雪球）得到应有的惩罚，奖励半蒲式耳苹果。
bushel：缩略拼法为bu.，蒲式耳，主要用于英国的度量衡单位，
用于液体或固体（如小麦）的容积计量，= 8加仑，或36.4升。
bring someone to justice：使某人得到（法律应施于的）惩罚。

第52页，第12–13行

they shall be carried out to the day

计划必须按原定时间完成。to the day：无误差地，按精确日期，整整，例：It's four years to the day since we moved in this neighbourhood. 我们搬来这个小区居住至今已整整四年时间了。

第7章

内容提要

　　那年冬天天气极其寒冷，建造风车的劳动异常艰苦。由于管理失误，土豆没有盖严，被冻坏不能食用，到了1月份粮食短缺导致动物们的配给大大减少。管理层警告所有动物，对农场现状——即饥荒即将来临——要严格保密。拿破仑与外界达成每周提供400个鸡蛋换取粮食的交易，命令母鸡上交鸡蛋。自从赶走琼斯后，农场第一次出现造反的苗头，拿破仑的命令遭到母鸡们的强烈抗议。拿破仑以切断食物供应的手段迫使母鸡们就范。农场中流传着一种新说法：雪球是琼斯的内奸，从一开始就与琼斯勾结，加害于农场动物。尖嗓甚至威胁说，农场里还潜藏着不少内奸。一天，拿破仑突然宣布召开全体大会。会场杀气腾腾，弥漫着不祥之兆。拿破仑一声令下，九条恶犬扑向几头小猪，将他们拖到会场前。那是曾对取消大会议事的决定表示反对的四头小肉猪，他们被迫"招供"，"承认"是接受了雪球的指令，故意进行破坏。此外，带头抗议上交鸡蛋的三只母鸡等，都被当场处决，罪行也是与雪球里应外合，试图帮助琼斯夺回农场。大会后，动物们极度悲伤，聚在一起忧郁地唱起《英格兰牲畜之歌》。这时尖嗓走过来传达拿破仑的命令：从现在开始禁止再唱《英格兰牲畜之歌》。

主题提示

　　在这一章中，天灾人祸令冬季物资紧缺，口粮减少，农场的建设和经营都遇到了严重问题。最高层领导决定采取牺牲一部分动物的利益，换取度过饥荒的粮食。此决定遭来抗议，但反对意见被强行压制。随后农场开始大清洗，掌权者使用暴力机器清除异己，将屠刀挥向曾经的同路人，弄得人人自危。拿破仑转向独裁和铁腕统治。

注 解

第53页，第8行

Out of spite, the human beings pretended...

出于忌恨，人类假装……。spite：*n.* 恶意，害人之心，例1：It seemed as if her dog had a spite at her. 就好像她的狗也与她作对；*v.* 激怒，让人难受，例2：She married that man to spite her family. 她为了激怒家人同那个男子结婚。out of spite：出于恶意/怨恨，例3：I'm sure he was saying that out of spite. 我断定他出此言一定抱有恶意。

第54页，第3行

Starvation seemed to stare them in the face.

饥荒好似已迫在眉睫。stare：瞪着眼睛看。stare sb in the face（或eye）：盯着看，瞪眼看，比喻用法，表示无法无视，明显摆在面前，例：The detective suddenly realized that the solution to his case had been staring him in the face all along. 侦探恍然大悟，解决案件的钥匙一直明白无误地摆在他的面前。

第55页，第8-9行

They were just getting their clutches ready for the spring sitting

她们（母鸡们）备好鸡蛋，正准备春天抱窝。clutch：一窝蛋；（禽类）孵蛋，抱窝。

第55页，第12行

Led by three young Black Minorca pullets

由三只年轻的黑色梅诺卡鸡带头。Minorca：梅诺卡岛，西班牙东南部地中海岛屿，该地以黑亮毛色为特征的梅诺卡鸡，是世界著名的优良品种。pullet：不到一年的小母鸡。

第55页，第23-24行

it was given out that they had died of coccidiosis

传出的消息说她们死于球虫病。be given out：人们说，听说，传出；coccidiosis：一种由双孢子球虫引起的鸟类和哺乳动物的肠道疾病。

第55页，第33行

It was well seasoned

木料已风干。season：让新木材放置一段时间，使树木内的湿度自然收干。也常用于指有经验的，老练的（人），例：Paul said his grandpa was a seasoned captain of a ship. 保罗说他的爷爷曾是一名饱经风霜的船长。

第57页，第1-2行

the dogs let out blood-curdling growls

狗发出了令人毛骨悚然的吠叫声。blood-curdling：（让人）血液凝结的，背脊发凉的，惊悚的。curdle：使凝结，例：making cheese by curdling milk. 相似词组：make one's blood curdle：= fill one with horror, 让人充满恐惧。名词为curd，凝乳，冻胶。

第57页，第17-18行

Snowball was in league with Jones from the very start!

雪球从一开始就与琼斯狼狈为奸。league：联盟，例1：The League of Nations，国际联盟；in league (with)：（与某人）同谋，与……勾结，例2：He was said to be in league with the devil. 据说他与魔鬼勾结。

第57页，第25-26行

a wickedness far outdoing Snowball's destruction of the windmill

此邪恶远比雪球破坏风车严重得多。outdo：胜过，超过，例：The students try to outdo each other in their math study. 学生们在数学学习上互相攀比竞争。

第58页，第8-9行

trying to lure us to our doom

试图把我们引向灭亡。lure...to：引诱……至（某种后果），例：That smell lures insects to that death trap. 这种气味将昆虫引入死亡陷阱。

第59页，第2-3行

has stated categorically — categorically

已经明确地——非常明确地——强调了。categorical：= unmistaken, explicit, 明确无误的，斩钉截铁的，郑重的，例：They have given categorical assurance. 他们已经给了明确的保证。

第59页，第31-32行

three of them flung themselves upon Boxer

其中三条狗跃起扑向拳击手。fling (flung, flung)：投，掷；

fling oneself on/upon：扑上去，跃向前，亦可用throw oneself on/upon. 试比较：fling oneself into：投身于，例：John flung himself with great energy into his athletics. 约翰全身心投入到他的体育事业。

第61页，第31-33行

The knoll ... gave them a wide prospect across the country-side.

小丘上可以看到广阔的乡野景色（直译：山丘向他们展示了……）。prospect：前景，（旧）景象，景色，例：There is a beautiful prospect across the valley. 山谷景色秀丽。

第62页，第18行

as she had protected the lost brood of ducklings

就像她曾经保护那一窝失去母亲的小鸭那样。brood：一窝孵出的鸡、鸭或其他禽类，例：a hen and her brood，一只母鸡和孵出的小鸡。the lost brood：文中指失去母鸭的一窝小鸭。

第63页，第30行

Never through me shalt thou come to harm!

你永远不会因我而受到伤害。此为带有古旧用词的倒装句，即：You shall never come to harm through me! shalt：（古）= shall 只用于现在式第二人称单数；thou：= you（主格）。

第63页，第32-34行

neither the words nor the tune ever seemed ...to come up to *Beasts of England*

无论歌词还是曲调似乎都比不上《英格兰牲畜之歌》。come up to：达到（标准），比得上，例：This piece of work does not come up to the required standard. 这活做得不符合规定标准。

第8章

内容提要

　　不知不觉中，其他动物开始与猪和狗隔开了距离。想起"一切动物都不许杀害其他动物"的戒令，他们心事重重。但不知何时，墙上的戒令已被偷偷修改为"一切动物都不许无缘无故杀害其他动物"。动物们的劳动不比琼斯时代轻松，伙食似乎更差。拿破仑的行为越来越像个君王，出行时前呼后拥，名字前被冠以"动物之父"等称谓，农场为他鸣枪庆贺生日，御用文人小不点的颂歌《拿破仑同志》取代了《英格兰牲畜之歌》，赞美领袖的诗被写在"七戒"的旁边。传言弗雷德里克正在酝酿武装推翻动物农场的计划，而此时拿破仑却突然宣布与弗雷德里克结为盟友。经历千辛万苦后，风车建成，动物们欢欣鼓舞。弗雷德里克用假币购买了动物农场的木材，被骗的拿破仑怒不可遏。第二天弗雷德里克带着人和枪支向动物农场发起进攻。动物们被逼入宅院，眼看着他们的风车被炸毁。被激怒的动物们殊死冲锋，赶走了进犯的人类。此战被命名为"风车战役"。后来，猪们在宅子的地窖里发现一箱威士忌，那天晚上宅子里喧闹笑骂。动物们听到半夜动静，出来发现从梯子上倒地的尖嗓和打翻的油漆。他刚刚把写在墙上的七戒第5条"一切动物都不许喝酒"改为"一切动物都不许喝酒过量"。

主题提示

　　在这一章中，粮食翻倍增长的捷报频传，但动物们的生活每况愈下。动物农场树立了拿破仑至高无上的权威，个人崇拜被推向巅峰，一切荣誉归于拿破仑。此时，拿破仑与抱有侵占动物农场意图的弗雷德里克结为盟友，采取与皮尔金顿为敌的外交立场，但被弗雷德里克耍弄后，又反目为仇。动物们打赢了反击战，但损失惨重。而与此同时，特权阶层愈加胆大妄为，饮酒作乐并篡改训令。

注　解

第64页，第6-7行

the killings which had taken place did not square with this

发生的杀戮行为与此（"一切动物都不许杀害其他动物"的戒律）相违背。to square (with)：与……相吻合，相符，相一致，例1：Do the words of yours square with the facts? 你说的话与事实一致吗？例2：Your way of life does not seem to square with your religious belief. 你的生活方式好像与你的宗教信仰有冲突。

第65页，第13行

ate from the Crown Derby dinner service

吃饭用整套的皇冠德比瓷器。Crown Derby：又称Royal Crown Derby，是英国产高档瓷器的一个品牌。dinner service：整套餐具。

第66页，第4行

Lord of the swill-bucket!

饭食之主（万物的哺育者）。the swill-bucket：猪食槽，此处代表食物之源。

第66页，第5-6行

when I gaze at thy / Calm and commanding eye

当我看着您安详威严的眼睛。thy：（古，诗）= your，you的所有格。现已不用，但在诗歌中仍会出现。

第66页，第9-10行

Thou are the giver of / All that thy creatures love

您是赐予者，提供您的子民所爱的一切。Thou：（古，诗）= you，you的主格。参看上一注释。

第66页，第14行

Thou watchest over all

您守护着所有。watchest：= watch，英语古旧或诗体用法中，第二人称单数后动词出现加-est的变化，如朗费罗的著名诗歌《生命赞歌》中：Dust thou art, to dust returnest（你来自尘土，归自尘土）。watch over：守卫，照管，例：Please watch over the child for me. 请帮我照看一下孩子。

第66页，第16-17行

Had I a sucking-pig, / Ere he had grown as big

若我生有嗷嗷待哺的猪崽，/ 在他长大成年之前。had I：= If I had，虚拟语气，如果我生有；ere：介词，= before（古旧或诗体用词），例：expecting your return ere long. 盼你早早归来。

第66页，第19-20行

to be / Faithful and true to thee

对您忠诚不渝。thee：（古，诗）= you，you的宾格。参看本章第四和第五个注释。

第67页，第27-28行

if he could once get hold of the title-deeds

如果他将来能够得到（动物农场的）所有权。once：（古旧用法）将来总有一天，例：Your father must die once and you need to learn to shoulder the responsibility. 你父亲将来总有一天要过世，你应学会承担责任。title-deeds：产权（尤其指地产）证书，地契。

第68页，第15-16行

another of Snowball's machinations was laid bare

雪球的另一个阴谋被揭穿。machination：阴谋，例1：This group machinated against the bishop. 那批人谋划反对主教；lay sth bare：揭露，曝光，例2：Never to anyone else had he laid bare his deepest, hidden self. 此前他从未向任何人袒露过深深隐藏的自我。

第68页，第20-21行

by swallowing deadly nightshade berries

以吞入致命的颠茄果的方式（自杀）。nightshade berry：颠茄果，茄科植物，其浆果呈黑色或红色，有剧毒。

第68页，第26-27行

So far from being decorated, he had been censured for showing cowardice in the battle.

不仅没有被授予勋章，还因战斗中表现怯懦而受到训斥。So far from：非但不……反而……，例：So far from admitting his own mistake, he falsely accused his critic. 他非但不承认自己的错误，还对提批评的人倒打一耙。censure：（尤其指正式申明中）严厉谴责，申斥。

第69页，第6-7行

Nothing short of explosives would lay them low this time!

这回除了炸药没别的法子可以将其摧毁。Nothing short of：也可用little short of，除非，等于，例：To him this failure was nothing short of a deadly blow. 对他而言，这次失败绝对是一次致命打击。Lay somebody or something low：使病倒，使萎靡不振，使垮下。

第69页，第11-12行

their tiredness forsook them

他们的倦意消逝了（直译：倦意离开了他们）。forsake (forsook, forsaken)：（用于诗体或书面文体）遗弃，放弃，抛弃，例1：Oh, God, why do you forsake me? 上帝啊，你为什么放下我不管了？例2：I will not forsake my principle. 我不会放弃原则。

第70页，第27行

there was a terrible hullabaloo

一场大吵大闹。hullabaloo：亦可拼写为hullaballoo，吵闹声，喧嚣，骚乱，常用于词组raise（或make）a hullabaloo，大吵大嚷。

第71页，第7行

with a conciliatory message

传递表示和解的信息。conciliatory：*a.* 安慰性的，安抚性的，如：a conciliatory approach，安抚的姿态，从动词conciliate变化而成，= reconcile，平息，调解，和好，安慰，例：Concessions were made to conciliate the striking workers. 做出让步以安抚罢工工人。

第71页，第22行

peeped cautiously out from chinks and knot-holes

透过裂缝和木板的钉孔小心翼翼地向外窥看。chink：缝隙，例：I noticed a chink of light under the door. 我注意到门底缝隙透过的一丝光亮。knot-hole：敲出的小空。

第71页，第35-36行

the men had produced a crowbar and a sledge hammer

这两人拿出了铁撬棒和大锤。crowbar：撬棍，铁棒；sledge hammer：或sledge，或sledgehammer大锤（用于砸岩石、打桩等的重锤），例：We'll give our enemy sledgehammer blows. 我

们将给敌人以沉重的打击。

第72页，第34-35行

But the men did not go unscathed either.

但人类也并非没有伤亡。scathe：（古旧用语）伤害，损伤，例：He was barely scathed. 他几乎没有受伤；go unscathed：未受损伤，毫发无损。

第73页，第4行

to make a detour under cover of the hedge

在树篱的掩护下迂回而行。detour：绕行，迂回路。make a detour / make detours：绕弯路，走迂回路径，例：His advice helped me avoid making detours in the experiments. 他的建议帮助我避免了在实验中走弯路。

第73页，第7-8行

get out while the going was good

趁还来得及赶快逃离。while the going is / was good：趁尚未变化时，趁情况还有利时，例1：Don't you think we should quit while the going is good? 你不觉得我们应该及早脱身吗？例2：Sell all the stock while the going is good. 趁时机把所有存货都抛售出去。

第75页，第7-8行

wearing an old bowler hat of Mr. Jones's

戴着琼斯先生的那顶老式礼帽。bowler hat：一种硬质圆顶的男式礼帽。

第75页，第33-34行

some booklets on brewing and distilling

一些关于酿酒和造酒的小册子。brew：指通过蒸煮和发酵的方法酿造（通常是啤酒），例：There was once a brewer near here. 这里曾经有过一家啤酒厂。distil：通过蒸馏法制造（通常是烈酒），例：Whisky is distilled from a mash of grains. 威士忌是用麦芽浆蒸馏而成的。

第76页，第1行

for animals who were past work

为已不能再工作的（即应该退休的）动物。past：此处是介词，= no longer capable of，不再适合，不能再干的、不能再用的、不可挽救的，例1：Unfortunately, his condition was past medical operation. 很遗憾，他的状况也无法再做手术。例2：This man is past praying for. 此人已不可救药（向上帝祈祷也没用了）。

第76页，第4行

intended to sow it with barley

计划种上大麦。大麦是酿酒的材料，也就是原来规划供养老之用的土地，被挪作他用，以供享乐。

第9章

内容提要

这个冬天就像上一年一样寒冷。动物们的口粮一减再减，不得不常常忍饥挨冻。动物农场原制定的动物到一定年龄退休养老的福利，此时已不再提及。但尖嗓不断告诉动物们，日子比过去好多了，至少他们摆脱了过去被人类奴役的地位。年景还算不错，但农场缺钱购买自己不能生产的东西，包括拿破仑餐桌上的糖。农场采取了开源节流的应对措施，母鸡每周必须上交600个鸡蛋，牲畜棚不准点油灯。规划中为动物们退休养老的草场，现种上了大麦，用以酿制啤酒供猪享用。农场的绿旗上，除了牛角和兽蹄，添上了"拿破仑同志万岁"的字样。4月，动物农场宣布成为共和国，作为唯一候选人的拿破仑全票当选。失踪许久的乌鸦又回来了，不参加劳动，但还是滔滔不绝地讲述着来世的"糖果山"。过了很长一段时间，老马拳击手的伤势渐渐好转，但他已不复从前的体力，某日加班时摔倒受重伤。猪们宣布将把他们的劳动模范送到城里兽医院医治，老驴本杰明心存警觉。次日动物们在地里劳动时，来了一辆接送拳击手的箱车。本杰明看到上面写着"屠马人"的字样，呼唤动物们前去营救，但为时已晚。猪们卖马换回一箱威士忌，喝得酩酊大醉。

主题提示

造反后的动物们在生活上不见好转，甚至比琼斯时代更加艰苦，而特权阶层开始享受越来越多的福利，也越来越肆无忌惮地践踏既定准则。与此同时，个人崇拜的调子越唱越高；宗教回归，鼓吹应允之地的谎言；被利用的忠诚的追随者，在不再有用时被残忍地抛弃。新统治阶级站到了动物民众的对立面。

注　解

第77页，第18行

Liberal old-age pensions had been agreed upon.

曾同意设立可观的养老金。liberal：开明的，大度的，慷慨的，例：She was liberal with her husband's money. 她大手大脚花丈夫的钱。

第77页，第23-24行

turned into a grazing-ground for superannuated animals

改造成为老年动物专用食草场地。superannuated：领养老退休金的，老旧淘汰的，例1：You do not have the same benefits for the superannuated. 你不能享受老年人的特别待遇。例2：We need to replace those superannuated computing equipments. 我们需要更换那些老旧的计算机设备。

第78页，第28行

the four sows had all littered about simultaneously

四头母猪几乎同时产崽。litter：*n.* 一窝（小哺乳动物），例：a litter of five kittens 一窝五只小猫。Litter：*v.* 产崽。

第79页，第22行

in fact were putting on weight if anything

如果说有变化的话，事实上（他们的）体重反而增加了。if anything：要说（有变化，有新情况等）的话（表示与之前提及的相反的情况），例：He didn't make much of this — if anything, he had played it down. 他没对此多加渲染，如果说做了什么的话，他反倒进行了低调处理。

第79页，第34-35行

receiving a ration of a pint of beer daily

每天得到一品脱啤酒的定量。pint：品脱，英制液量或容量单位，相当于1/8加仑，或0.565升。英、美每品脱的计量有微小的区别。

第80页，第25-26行

But by and large the animals enjoyed these celebrations.

但总的来说，动物们喜欢这些欢庆仪式。by and large：大体而言，总的说来，大致，例：They were, by and large, a wealthy and privileged elite group. 他们基本上是一个有钱有特权的精英团体。

第80页，第29－30行

what with the songs, the processions, Squealer's lists of figures...

那些歌呀，游行呀，尖嗓罗列的数字呀……。what with：罗列，用于引出多个原因/因素，例1：What with the drought, the droppings of the pets, and the neglect, the garden is in a very bad condition. 干旱、宠物粪便，加上疏于管理，花园被搞得不成样子。例2：What with high price, the cold weather and all the bad luck, we found it hard to get on. 又是高物价，又是大冷天，还有那些倒霉事，我们感到很难维持下去。

第81页，第34行

with an allowance of a gill of beer a day

一天一吉耳啤酒的供应量。gill：英制液量单位，= 1/4品脱。

第82页，第14－15行

nothing kept him on his feet except the will to continue

唯有意志力支撑着他站立起来。nothing… except：除……之外没别的东西，唯有，例：Nothing drove him on the crazy adventure except the lure of gold. 唯有金钱的诱惑力驱使他继续这场疯狂的冒险。

第84页，第19－20行

a sly-looking man in a low-crowned bowler hat

一个相貌阴险头戴低冠礼帽的男人。low-crowned bowler hat：低冠圆顶礼帽。crown：王冠，顶部，例：the crown of the hill, 小山顶。

第84页，第30－31行

Horse Slaughterer and Glue Boiler ... Dealer in Hides and Bone-Meal.

（车身上的广告）屠马，制胶。经营皮革和骨粉。Glue Boiler：（用兽皮）熬制凝胶的人；Bone-Meal：（用作肥料的）骨粉。皮革、凝胶、骨粉都是屠马的附属产品。

第84页，第36行－第85页，第4行

the van moved out of the yard at a smart trot...to a gallop, and achieved a canter

马车轻快地疾步走着离开了院子……疾驰飞奔，而后小跑。注意句子中有三个关于马跑动的动词，trot：疾步快走；canter：小跑；gallop：飞跑。

第85页，第18−19行

would have smashed the van to matchwood

原本能把马车砸成碎片。smashed (or reduce) something to matchwood (or pieces)：将……打得粉碎，例：The bomb reduced the hut to matchwood. 炮弹把小屋炸得稀碎。matchwood：做火柴梗的轻质、劣质的小碎木，泛指木屑、碎片。

第86页，第35−36行

pronounced a short oration in Boxer's honour

发表了纪念拳击手的简短演讲。pronounce：（尤其指正式、庄严地）宣示，宣告。例1：Allow history to pronounce the verdict. 让历史来宣判。in one's honour或in honour of sb / sth：为欢迎某人，为纪念某人 / 某事，例2：A banquet was held in her honour. 为她举办了欢迎晚会。

第87页，第1行

to bring back their lamented comrade's remains for interment

带回亡故同志的遗体进行安葬。lament：*v.* 哀悼；lamented：死者（即被哀悼者）。interment：埋葬，安葬。

第10章

内容提要

寒来暑往，好几年过去了。琼斯已经去世，雪球和拳击手也被大多数动物遗忘。动物农场的总体状况比以前有了改善。风车已经建成，用来磨面，经济效益不错。农场从皮尔金顿那里购买了两块土地，还添置了打谷机等机械，但拿破仑强调，真正的幸福来自忘我的劳动和简朴的生活。至今，没有一只动物享受过退休待遇。动物农场更富有了，但动物们则不然——除了猪与狗之外。一天苜蓿发现尖嗓用两条后腿站立行走时，惊叫起来。接着动物们看到所有猪用两腿站立排队走出，前面的拿破仑手持皮鞭。动物们惊诧之际，被专门调教过的羊群一齐呼叫起来："四条腿好，两条腿更好！"苜蓿带着本杰明去看墙上的"七戒"，发现仅存一条："所有动物一律平等，但有些动物比其他动物更加平等。"猪们开始穿上琼斯的衣服，邀请人类前来参观。晚上，动物们发现，在琼斯的宅院里，人与猪围坐一桌，举杯共庆和解。皮尔金顿发言说，猪和人没有共同的利害冲突，都是为了对付下等动物或下层阶级。拿破仑完全同意，并宣布将"动物农场"的名称改为原来的"庄园农场"。当在窗口偷偷张望的动物们悄悄离开时，屋子里突然传来了激烈争吵的声音。故事到此结束。

主题提示

在这最后一章中，作为管理者的猪，物质上和行为上逐渐向人类靠拢，拿起作为压迫者象征的鞭子。过去动物们共同制定的行为原则被彻底践踏。平等的原则被戏弄，改写成为不平等的许可。新的统治者成了新富阶级，与曾经的敌人同流合污，重新划定阵线，高等动物和上层阶级为一类；低等动物和下层阶级为另一类。至此，动物农场的领导人放弃了革命的初衷，与原先的共同体理想分道扬镳。革命遭到背叛，历史回到了原点。

注 解

第88页，第7-8行
he had died in an inebriates' home

他死于一家醉汉收容所。inebriate：*v.*（正式）= intoxicate，灌醉，陶醉；*n.* 醉汉 = drunkard.

第88页，第10-11行
stiff in the joints and with a tendency to rheumy eyes

关节僵硬，双眼总是泪水模糊。tendency：倾向；with a tendency (to, toward)：（后跟名词）常常，总是，习惯于，例：My father is rather sickly lately with a tendency to high blood pressure. 我父亲近来身体状况不好，还常常血压高。

第90页，第5-6行
As for the others, their life ... was as it had always been.

至于其他动物，他们的生活没有任何变化。As for：就……而言，至于，例：I'm always conscious I'm black. As for Laura, the colour of her skin never mattered. 我十分在意自己是黑人，但对于劳拉，肤色从来不意味任何东西。

第90页，第19-20行
old Benjamin professed to remember every detail

老本杰明自称记得每一个细节。profess：声称，自称（常含有不完全可信的意味）。例1：He professed his love for her. 他嘴上说爱她。例2：I don't profess to be an expert. 我不敢妄称专家。

第91页，第34-35行
all the animals broke into a gallop

所有动物跑了起来。broke into：突然改变（步速，行为等）。例：The moment the policeman was out of sight, he broke into a run. 警察一离开，他拔腿就跑。

第92页，第20行
when the first shock had worn off

最初的震惊舒缓过来之后。wear off：磨损，损耗，逐渐减弱。例1：The child quickly lost interest as the novelty wore off. 新鲜感过去后，孩子很快失去了兴趣。例2：I could feel the wound aching again as the effect of the medicine wore off. 药效渐渐减弱时，我又感到伤口的疼痛。

第93页，第19−20行

had taken out subscriptions to *John Bull*, *Tit-Bits*, and *the Daily Mirror*

订阅了《约翰牛》《新闻荟萃》和《每日镜报》。这些都是英国著名的出版刊物：《约翰牛》是一份报纸的周日增刊，《新闻荟萃》是杂志，《每日镜报》是发行量很大的报纸。John Bull：约翰牛，是英国人嘲讽或自嘲的形象，源于1727年苏格兰作家约翰·阿布斯诺特（John Arbuthnot）的讽刺小说《约翰牛的生平》（*The History of John Bull*），其典型形象是头戴高礼帽，足蹬长靴，手持雨伞的矮胖绅士。

第93页，第25−26行

in a black coat, ratcatcher breeches, and leather leggings ... watered silk dress

穿着黑色外衣，猎裤和皮护腿……波纹绸长裙。ratcatcher breeches：猎狐马裤；leather leggings：皮绑腿（覆盖从膝盖到脚踝的皮制护腿）；watered silk：波纹绸。

第94页，第25−26行

there were a few words that he felt it incumbent upon him to say

他感到必须先说几句。incumbent：义不容辞，职责所在；feel it ...on / upon oneself：感到责无旁贷（句中"it"是"to say"的先行词）。

第95页，第2−3行

was liable to have an unsettling effect in the neighbourhood

有可能对周边地区的安定带来影响。be liable to：= likely，（接不定式）有……倾向，可能。例1：The land is liable to be affected by floods, and therefore is unsuitable for agriculture. 这里的土地容易遭受洪水侵害，不适合耕种。unsettle：侵害，颠覆，扰乱，使心神不定，例2：The crisis has unsettled financial markets. 危机引发金融市场的不稳定。

第95页，第3−5行

Too many farmers had assumed, without due enquiry, that on such a farm a spirit of licence and indiscipline would prevail.

太多农场主不经调查做出判断，这样的农场会助长恣意妄为、目无法纪的风气。without due enquiry：未经充分调查；due：应有的，充分的。licence：执照，许可；引申义为放纵，对自由的滥用，例：The government was criticized for giving the army too much licence. 指责政府放任军队恣意妄为。

第95页，第28—29行
his various chins turned purple
他一层层的下巴涨成紫色。指因肥胖出现的多层下巴。

第95页，第31行
This bon mot set the table in a roar
这句妙语让桌上的人一阵狂笑。*bon mot*：妙趣横生的话，来自法语，意为"good word"。

第96页，第8—9行
intimated that he too had a few words to say
表示他也有话要说。intimate：*v.* 宣布，告知，表示，提示，例：He had already intimated that he would quit his present job. 他早就表示过有可能辞去现在的工作。

第96页，第16—17行
They had been credited with attempting to stir up rebellion
他们被说成试图挑起造反。be credited with：归功于，归罪于，被认为，例：Edison is credited with the invention of the phonograph. 人们把留声机的发明归于爱迪生的名下。

第97页，第34—35行
had each played an ace of spades simultaneously
两人同时出了一张黑桃"A"。ace：扑克牌中的A牌；spade：扑克牌中的黑桃。

作品欣赏

文体风格

　　有批评家指出，奥威尔的《动物农场》很可能受到了更早出版的肯尼斯·格雷安（Kenneth Grahame）的《杨柳风》（*The Wind in the Willows*, 1908）的影响[①]。《杨柳风》，又译为《柳林风声》或《柳间风》，是一部非常著名的童话故事。该书出版时，奥威尔才5岁，这本书是他童年时代最心爱的读物之一[②]。故事中，黄鼠狼和白鼬联手推翻陆地贵族蟾蜍，占领了他的府邸，享受着舒适的生活。后来水獭率众反攻，赶走黄鼠狼，为蟾蜍重新夺回他的财产和庄园，恢复了被颠覆的秩序，河边的动物世界一切又回到原样。两本书有不少共同之处，最突出的有三方面，第一，讲的都是动物故事，但指涉的是人的社会；第二，故事中的人类都是反面角色：格雷安笔下粗暴的警察、凶恶的船民和野蛮的外来者，他们都给动物带来伤害和痛苦；奥威尔小说中的人类，更是故事预设的"敌人"角色，琼斯等三个农场主和温佩尔律师，或无能，或贪婪，或凶暴，为了利益勾心斗角，是剥削者和压迫者的形象。第三，故事中都有原有秩序被暴力颠覆，最后又回复到原先状态这样一个回转的结构。

　　《杨柳风》是本儿童读物，同时又被赋予了可供成人阅读的深层含义。《动物农场》最初出版后，也常常被书店放在儿童文学类书籍之中。但是尽管讲的也是动物故事，《动物农场》本质上不是儿童文学。格雷安笔下河边的蟾蜍、老鼠、鼹

---

① 杰弗里·迈耶斯：《奥威尔：生活与艺术》，p. 137.
② 杰弗里·迈耶斯：《奥威尔：生活与艺术》，p. 143.

鼠、獾等组成的小世界，与奥威尔笔下农场中的猪、狗、马、驴等组成的小世界之间，以及小说结构中的一些相似之处，确实会让读者产生联想。但是两本书预设的读者对象完全不同。《动物农场》不是为孩子们写的，作家设定的读者群是有充分政治意识的成年人，其中包含了孩子们不能理解的许多深刻的寓意。也有人将《动物农场》与莫言以动物诉说人类社会的《生死疲劳》做了有趣的比较。

《动物农场》常被誉为20世纪最杰出的政治寓言小说，但这里面包含了两个不同的指涉，即"政治寓言"和"政治小说"。政治小说与政治寓言有所不同。谈到政治小说，人们往往会想到沉重的主题，宏大的叙述，针对时事的严肃思考和对现实社会的犀利剖析和批判。政治寓言则试图通过浅显的语言和往往带荒诞色彩的故事，对当下政治生活进行一种寓言式的解构，但其内容仍然是严肃而深刻的。《动物农场》是两者的结合，它是一则长篇寓言，或曰长篇政治小说形式的寓言。作者运用了大量与当代历史相对应的隐喻性素材，形成文内故事与文外指涉的强烈的"互文"效果。奥威尔通过这一则寓言中动物的言行，非常有效地讽刺了极权主义，对其权力运作机制进行了酣畅淋漓的揭示。

当然，任何动物故事讲的都是人的故事，因为动物故事是人写的，书写者的意图不可避免地会卷入其中。故事中的角色是"披着兽皮的人"，动物世界也是人类社会的缩影，至少在潜意识中，作者无法摆脱对人类社会的反思。奥威尔的《动物农场》尤其凸显了寓言文体的鲜明特色。在叙述的表层，小说煞有其事地营造氛围，演绎一个轰轰烈烈的荒诞故事。但与此同时，他又刻意让动物社会与人类社会形成呼应。这样，表层故事与深层的叙述意图之间就产生了很大的阐释空间，"要求"读者在故事与现实世界的联想中寻得真正的意义。奥威尔的政治寓言是政治与文学完美结合的实例。他似乎找到了用最简洁活泼的语言和最行之有效的艺术模式表达政治意图的途径，作品极具可读性，同时又极具穿透力。

人物塑造

　　文学中"人物"一词，在英语中是"character"，即"个性"，因为早期文学中的人物大多都是类型化、个性化的。中文中"人物"预设了"人"作为故事主体，但这一词用于这部小说的讨论有点怪异，因为小说的角色不是"人"，而是动物。但我们还是沿用这个不太完全合适的词，因为至少在上一节的讨论中我们说到过，任何动物故事其实讲的都是人的故事。奥威尔在《动物农场》中塑造了众多栩栩如生、个性迥异的角色，寥寥数笔，就让人物形象跃然纸上。奥威尔熟练地使用"间接人物塑造"的手法，即不由叙述者告诉读者，某个角色是个怎样的人，而让读者听其言，观其行，从中得出自己的判断。《动物农场》中人物众多，最主要的有5个，三头猪拿破仑、雪球、尖嗓，以及老马拳击手和老驴本杰明。这些动物与其他动物一样，基本都属于"类型化人物"，具有代表性，指代社会中某一类人。

　　比如，拿破仑这个角色就具有鲜明的代表性，这个名字就是专制暴政的象征。历史上的拿破仑是法国军人，起家于民主革命，最后演变成为专制统治者。《动物农场》中的公猪拿破仑与历史人物拿破仑有许多相似之处，同样凶狠狡诈，同样不择手段。很多评论家认为，其原型主要是当时苏联的斯大林，这样的说法也有一定的道理。奥威尔憎恨拿破仑、希特勒、斯大林和所有极权主义者。公猪拿破仑获得权力之后，实行铁腕统治，用武力清除异己，露出了真正的嘴脸。奥威尔在这一角色的塑造上，是颇为用心的。整部小说中，他话语不多，大部分时间深藏不露，善用心计，也敢于出手。比如，他偷偷在阁楼豢养了9条小狗，对他们从小进行调训，为武力篡夺政权精心做着准备。

尽管奥威尔对拿破仑这个角色着墨不多，但十分鲜明地刻画了他的个性。他的仪表有军人风度，敢说敢做，不在乎触犯戒律或违背"宪令"，也不在乎"社会"舆论的抵触，相信强权压制是解决所有问题的手段。但是他不仅仅是一个敢作敢为且有计谋的军汉，也深谙统治技艺，具有政治谋略，尤其在引领，或曰误导，民众舆论方面，很有一手。他通过他控制的"媒体"——尖嗓，熟练地扑灭了各种反对和抗议的苗头，使统治权力得以长期维持。这个人物与他的对手雪球不同，作家对他的定调完全是负面的。他将持不同意见但受民众爱戴的雪球宣布为革命的敌人，反复散布虚假消息，培植对假想敌的仇恨和恐惧，在不断渲染"敌人"威胁的过程中，强化自己的绝对权威，此后又朝令夕改，为所欲为。作家用渐进的手法，层层铺垫揭示，为这个独裁者做了不恭的画像：大搞个人崇拜，大搞特殊化，出卖革命，最后与敌人同流合污。

　　与拿破仑相对的另一个重要人物是雪球，他是拿破仑曾经的革命战友，曾共同参加造反，领导动物新政权的建立，但后来两人反目为仇。如果说作家刻意把拿破仑塑造为野心家和阴谋家，那么雪球的塑造则更带有同情的笔调。雪球也是个"类型人物"，代表了一类人或一个政党派别。拿破仑是权谋型的领袖，所有的思考和行动都围绕着权力，而且心狠手辣。雪球在作家笔下呈现为一个具有独立意识的领袖，一个善于规划也善于沟通的管理者，但在对未来的展望中略带一点理想主义色彩。牛棚战役证明了他的大智大勇，他也因此赢得了大多数农场动物的信任。在动物们取得农场政权之后，他计划通过基本教育和成立各种委员会，帮助逐步建立新的社会秩序，设计重大工程项目风车，为农场规划未来发展。除小说开始不久便去世的老少校之外，雪球可以说是整个故事中唯一的正面人物。小说中还有很多值得同情的"群众"人物，如拳击手老马等，但他们都太盲从，太缺乏自主的思考。

　　奥威尔似乎强调，雪球这样的个人才学、勇气和民众的拥戴，在与暴力与权谋的较量中少有胜算。他过于信任民主议政体制，对拿破仑的强权意识缺乏警惕。后者在关键时刻突然摊牌，发动蓄谋已久的"军事政变"，雪球丝毫没有防范，只得狼狈地被逐出农场。雪球这个角色只出现在《动物农场》的前半个故事中，但他是拿破仑的对照，他的存在反衬了拿破仑的丑恶和凶残。作家让读者在这一对角色的比较之中，确立他们的情感倾向。此后，雪球只是以一种虚构的"对立面"概念不断流传在农场中，被拿破仑用来当作巩固自己权威的工具。作家显然希望读者在雪球这个人物身上，寄托对新形态社会的美好期待，而又让雪球的命运翻转，将这种期待的火苗扑灭。如果我们回看奥威尔本人的生平经历，在这样的故事建构中就可以看到，作家将西班牙工人革命失败归因于内部权斗导致的恶果，表达了对权力腐蚀力量的担忧。

尖嗓的英文为"Squealer"，是一个拟声词，即对猪尖叫声的模拟。奥威尔给那头能将黑说白的小肥猪取这个名字，意图十分明显，表达的是对那种声音代表的言论的极度厌恶和反感。尖嗓的象征性更强于拿破仑和雪球，他代表了权力集团的喉舌，是传媒和国家宣传机器的化身。拿破仑实施独裁统治有两大政治武器：一是以狗为代表的暴力，另一是以尖嗓为代表的意识形态工具。奥威尔非常成功地塑造了尖嗓这一角色，让读者闻其声如见其"人"：一个让人鄙视，让人憎恨，让人感到似曾相识的人物。他能言善辩，但口才只用于遮掩事实，颠倒黑白，为权力而不是为真理服务。拿破仑手下有恶犬和尖嗓这样的帮凶，以致暴力与话语狼狈为奸，共同巩固了极权统治。

拿破仑和尖嗓这两个主要人物的塑造，说明奥威尔对极权主义社会中权力运作的关键因素有着深透的认识。尖嗓是为拿破仑服务的，小说中的他掌握着话语霸权，始终用语言牵引着动物农场的舆论走向，为动物们提供认识和解决一切问题的"正确"答案。即使他的回答充满谬误，大多数动物也没有鉴别的能力，即使有，他们自己的话语权得不到权力的支撑，只能被强权话语所淹没。每当动物们对权力滥用表示质疑时，尖嗓就用口号式的语言，如"纪律，同志们，铁的纪律！这是我们今天的口号"，来压制不同见解；或用敌我界限和政治站边等带威胁性的言辞，如"一步走错，我们的敌人就会来颠覆我们"，迫使动物们就范。尖嗓不断给动物们"洗脑"，将一个个违背律令和民心的事情，进行合理化、合法化的粉饰；不断塑造和树立假想敌，用以转移矛盾，平息群众的不满情绪。他不断搅浑是非，影响动物们的思考和判断，用语言来控制单纯且"文化"低下的动物大众。他的语言暴力和拿破仑的军事暴力沆瀣一气，组合成了奥威尔最为担忧的现代极权主义统治方式。因此，在对这两个人物的塑造中，奥威尔寄寓了最强烈的政治批判。

就如《动物农场》中的大多其他动物角色一样，老马拳击手也代表了一个"类型"。他是个老实巴交的"好人"，不聪明，也没有政治觉悟，但品格坚强，待人真诚，受到其他动物的尊重与爱戴。他是动物农场中缺之不可的部分，战斗中冲锋陷阵，劳动中起早贪黑，既是战斗英雄也是劳动模范。他是农场动物的榜样，但可悲的是，他没有独立思考和判断的能力，因此也是拿破仑等可以充分利用又无需担心的那部分民众的代表。他的口头禅是"我要更努力工作"和"拿破仑永远是正确的"。作家让这个人物代表一种"愚忠"，又对这种"忠诚"给予了尖刻的讽刺。在故事结尾部分老马的遭遇让读者心寒：受伤的他被送往屠宰场换回供猪享用的一箱威士忌。而这个戏剧性的结局又形成小说的高潮。这个悲剧的结局中，作家表达了对缺乏政治意识的拳击手的同情与批判，笔底流露出"哀其不幸，怒其不争"的感叹。

老驴本杰明是动物农场中除猪之外少数头脑清醒的角色之一。他与雪球有一点相像，都带有知识分子的气质，但两者又完全不同。雪球深深卷入了动物政权的运作之中，而本杰明虽然观察犀利，政治嗅觉敏锐，但不屑于政治派别和政治教条，刻意保持距离，避免让自己卷入这一潭浑水。他是一个愤世嫉俗的悲观主义者，也是一个孤独的清醒者，一般不表态，不参与，不选边，小心翼翼地维护着自己局外人和旁观者的身份。他的可贵之处是他不与专制统治者们同流合污，也不轻信他们的口号和表态，能够站在客观的立场上看清形势，做出独立判断思考。因此，他对动物农场政治形势的实质是有所认识的，但他选择沉默。而这种沉默在奥威尔看来，是自命清高态度掩护下的不作为。作家对这类知识分子表达的是失望之意。

但是，本杰明在感情上是站在被压迫的民众一边的。在故事邻近结束时奥威尔让他经历一次突然的转变。当他的好朋友拳击手受伤后被拿破仑等暗中交易卖给屠马人，而该公司派车偷偷前来运货时，心存警觉的本杰明突然呼叫动物们前来营救，说出了老马被出卖的事实。这件伤天害理的事触动了他的神经，拷问了他的良心，让他对当权者的胡作非为忍无可忍。本杰明的突然爆发，说明这个人物发生了转变，终于站出来与强权对抗。他正直的本性和良知让他无法再选择沉默。这是小说中本杰明唯一一次发飙，而且营救没有成功，但读者可以推断，将来的本杰明将很可能是值得期待的一股力量。通过这个角色政治态度的转变，奥威尔寄希望于欧洲知识分子，希望他们能够像他本人一样站出来，揭露极权主义的本质，同极权主义做斗争。

《动物农场》中其他次要角色也都被赋予了象征意义。比如，不参加生产劳动而鼓吹"糖果山"上来世永恒幸福的乌鸦摩西，显然是宗教人士的代表，而"摩西"的名字也来自圣经。奥威尔对这个角色做了不恭的描述，让他呈现为一个蒙骗动物大众的谎言家。又比如，肉猪小不点是御用文人的形象，专长于写诗写歌颂扬领袖的英明，为个人崇拜和极权主义意识形态推波助澜。地位仅次于猪的狗在小说中是军队或秘密警察的化身。老猫的行为让人想起社会上的二流子，而小母马莫莉只顾个人美貌和享受，是落后群众的代表。小说中的人类则代表了所有负面的东西。三个农场主琼斯、皮尔金顿和弗雷德里克分享了人类的各种缺陷：贪婪、无能、凶暴、不讲信誉、道德败坏、陋习缠身等，而律师温佩尔是个唯利是图的小人。小说对人类的总体描述，反映了作家对当时欧洲社会现状的强烈不满。

值得注意的还有那些无名的、也似乎无足轻重的大众。他们跟随着参加造反，也默默无声地忍受着被操控的新政权的压迫。这个"沉默的大多数"中也包括只知埋头干活，而接受所有"官方"话语的老马拳击手和能看清形势但选择独善其身的老驴本杰明——当然在小说的最后时刻，本杰明不再沉默。作品中政治上最麻木的是绵羊，只会喊口号："四条腿好，两条腿坏"，而他们的愚昧被拿破仑和他的团伙充分利用。其他弱势群体包括母鸡和奶牛，他们在强势面前担惊受怕，忍气吞声。很多批评家对奥威尔将人民大众笼统地描写为麻木、低能、自私自利的群氓颇有微词。

休·霍尔曼（Hugh Holman）和威廉·哈蒙（William Harmon）在《文学手册》（A Handbook to Literature）中指出："以动物为（主要）角色的寓言叫动物寓言，这种形式在文学史的几乎每个阶段都十分普遍，通常被用作针砭人类缺陷的讽刺手段"[1]。也就是说，寓言体小说具有批判功能，而政治寓言更是如此。文学作品需要作品中的人物来"言说"思想——当然主要是通过行为而不是语言，而人物塑造是优秀作家最基本、最主要的艺术技能。《动物农场》中的人物塑造是非常成功的。前面说过，奥威尔的人物基本都是"类型人物"，不是个性鲜明的有别于任何其他人的个体，而是强调其典型性和代表性，引向对更大社会层面的联想性思考。"类型人物"不易塑造，容易导致人物刻画的脸谱化和个性塑造的概念化。奥威尔笔下的"人物"却丝毫不见僵硬呆板，虽然着墨不多，但个个跃然纸上，栩栩如生，体现了作家非凡的艺术功力。

---

① Hugh Holman and William Harmon. *A Handbook to Literature*. New York: Macmillan Publishing Company, 1986, p. 197.

语言艺术

杰弗里·迈耶斯在《奥威尔：生活与艺术》一书中引用了奥威尔批评诗人斯特芳·马拉美（Stephane Mallarme）晦涩的文风时说的话："当有才的诗人写出无法理解的诗歌时，那就是出现问题了……艺术晦涩在近70年中十分常见，是我们逐渐衰败的文明的一种病态发展"[1]。他把语言风格提到了一个高层面，看作是文明兴盛或衰颓的表征。谈到其他当代法国作家时，他又指出他们的主要文体错误在于"倾向于使用修辞——也就是说，倾向于在使用冗长篇幅的同时，既想具有说服力却又言辞模糊。"这样作家让读者挣扎与"他在纸面上表达的过程，而不是思考的结果"[2]。

奥威尔在自己的创作过程中尽力避免此类语言弊病，努力让自己的书写易读易懂，同时又充满活力。奥威尔曾为自己定下几条"语言规则"：1、千万不要去套用那些经常见诸书刊的隐喻、明喻或常被人挂在嘴边的其他意象；2、能用短句时，莫用长句；3、能减则减；4、能用主动语态时，绝不用被动语态；5、能用日常词汇表辞达意，就绝不使用外来词汇、学术语和行话；6、就算打破这些规则，也绝不直言任何粗俗的话[3]。奥威尔在前期创作中，已经逐渐形成了自己鲜明的语言特色，作品以文字明晰清新，表达自然流畅，叙述简洁洗练而为读者所喜爱。《动物农场》是奥维尔的后期作品，更是典型地代表了他业已成熟的语言风格。虽然作品深层表达的是严肃的政治

---

① 转引自杰弗里·迈耶斯：《奥威尔：生活与艺术》，第75页。
② 转引自杰弗里·迈耶斯：《奥威尔：生活与艺术》，第75–76页。
③ 转引自杰弗里·迈耶斯：《奥威尔：生活与艺术》，第239页。

主题，但作家的叙述使用的是通俗易懂的大众语言，而这种语言又与寓言体裁完美匹配。他坚决弃用花哨的辞藻，杜绝冗长的句式，用朴素、直观、平实但又鲜活生动的描述，心平气和地进行故事叙述，避免情绪性的抗诉或谴责，避免政治话语，留出充分的阐释空间，让读者自己去发掘故事中隐含的深刻意蕴。

　　奥威尔的语言艺术在小说的开始便可见一斑。老少校临终前对动物们谈了他对形势的分析和对未来的展望。他诉说了动物的苦难，控诉了人类的剥削，指明问题的根源是权力，提出解决问题的答案和避免重蹈覆辙的警告，话语不多，但逻辑清楚。"老少校在他层层递进的富含预设信息的鼓动话语中，对人类的剥削和贪图享受的本性进行了彻底剖析，表达了一种基于社会经验而产生的要求公平和公正的观念，（又）是一种对理想社会的模糊的语言解说"①。老少校的讲演用了两种不同的语言，前一部分对现状分析的用语具体、清晰、理性，具有说服力；但后一部分对未来的展望则使用了笼统、模糊、抽象的语言："告诉大家，牲畜们将有一个金光灿烂的明天"。作家用不同类型的语言进行预设，既让动物们清楚地认清当前的处境，同时又为缺少思想准备的动物们在取得政权后陷入的政治困局做了很好的铺垫。

　　语言有两个方面功能，它既可以是叙述的载体，也可以是叙述的对象。在《动物农场》中，奥威尔将语言视作政治权力的一部分，强调语言与权力之间的合作关系，表达了独到的见解。长久以来，人们都是把语言当作传递思想的媒介，起的是桥梁作用，忽视了它本身的意识形态功能。辛斌教授指出："20世纪以来，哲学家、社会学家和语言学家等越来越不满足于只把语言视为人们认识世界、进行思维和交际的一种客观透

---

① 杨敏："穿越语言的透明性——《动物农场》中语言与权力之间关系的阐释"，《外国文学研究》2011年第6期，第155页。

明的工具，而是越来越强烈地意识到，语言、权力和意识形态的共生关系，以及语言对社会过程和个人生活的介入作用"[1]。语言作为一种政治工具的运作，在这部小说里被表现得淋漓尽致。

在《动物农场》中奥威尔充分渲染和凸显了语言在权力统治中的重要作用。农场动物可以粗略地分为两大类：掌握着语言使用技能的农场成员和没有太多语言能力的另一批成员，即"沉默的大多数"。前者包括尖嗓、小不点，也包括老少校和雪球。其中老少校在动物政权成立时已经去世，新的阐释者掌控了老少校遗言的阐释权，对他的概念随意玩弄；而具有正义感的雪球则被赶出农场，话语权被剥夺。这样，能说会道且又具有话语权的尖嗓和小不点，与掌握暴力话语的拿破仑互相勾结，通过操纵语言而随心所欲地操纵农场的意识形态，翻手为云覆手为雨。他们用不断重复的谎言冲淡并逐渐抹除记忆，直至普通动物彻底失语。最后，随着"七戒"的语言被修饰，动物农场的最高纲领被篡改。大多数动物没有言说的能力，更没有语言的权力支撑，于是，权力通过支配语言，支配了他们的生活和命运。奥威尔在《动物农场》中把语言视为权力关系中最重要的组成部分之一，是实施思想控制和社会压迫的基本形式。

---

[1] 辛斌："批评语篇分析的社会和认知取向"《外语研究》2007年第6期，第19页。

叙事特色

　　前面我们谈到了肯尼斯·格雷安的《杨柳风》对《动物农场》叙事形式方面产生的影响。但就这部小说社会讽刺特色而言，乔纳森·斯威夫特（Jonathan Swift）的《格利佛游记》（*Gulliver's Travels*, 1726）对奥威尔产生了更为重要的影响。奥威尔从小喜欢斯威夫特的这部著名作品，其中第三部讲的是动物管理的社会，用动物故事来影射18世纪初的英国政坛。斯威夫特和奥威尔都让虚构的动物社会与现实社会形成呼应，同时又在故事的表层叙事与作家的深层意涵之间拉开距离，由读者在阅读过程中去建立两者之间的关联，去挖掘和思考表层叙事下面的深刻的社会批判。《动物农场》对前辈的文学成就有所继承，更有所创新，成为两个世纪以后的又一部传世经典，被称为自《格列佛游记》以来最好的寓言小说。

　　《格利佛游记》与《动物农庄》都以讽刺为主要艺术手段，通过对故事人物的嘲讽来批判人类社会，尤其是政治生活中的现象。《格利佛游记》的主体框架是个历险故事，很大部分是历险本身，作家在其中"嵌入"了对18世纪英国社会的讽刺，比如"小人国"的公民因剥鸡蛋应从小头开始还是大头开始，分成"小头派"和"大头派"，争吵不休，作家以此讽刺两党政治。在小说的第三部分，斯威夫特想象了一个动物管理的社会，将很多政治思考巧妙"融进"叙述者的见闻之中。而《动物农场》整个故事的叙述层与故事的指涉在整体上并行发展，他的动物故事，包括事件的前因后果、人物的言行、社会的构成等各个方面，自始至终与故事外的欧洲社会相对应，以前者的荒唐放大对后者提出的批判。动物群体之间的关系，反映的是人类不同利益集团之间的矛盾。但小说家以其"虚构特权"放纵想象，甩开故事的真实性和可能性，天马行空，建构自己的故事，让读者结合自己的经验在故事中，也在故事与现实的关联中，获取深层的意涵。这种与现实拉开距离的手法，反而提供了更加接近事物本真的径途。

《格利佛游记》的主题是讽刺英国政治现象中存在的荒诞，主要采用夸张、反语等修辞手段。《动物庄园》的讽刺性更加强烈，但采用的是一种"低调陈述"，没有语言的呵斥，只有平心静气的叙述，让作家的评判之声隐退，让读者在叙述空隙中找到讽刺。小说中也有夸张的成分，但是即使是刻意渲染的行为，作家也是用一种貌似客观的漫不经心的语气进行叙述，造成叙述语言与叙述内容之间的反差，激发读者阅读过程中更强烈的情感投入。奥威尔的讽刺是平静的，但同时又是犀利的、深邃的，具有穿透力，能够击中要害。这种以反讽为主调的文学审美，具有独特的奥威尔风格，是奥威尔政治小说创作的独门艺术。20世纪上半叶英国社会讽刺小说的盛行，文学对当时社会做出了批判性的反思和反映，奥威尔呼应了这一潮流，并将其推向巅峰。

我们可以在《动物农场》中找到许多不同的艺术表现手法，比如小说中比比皆是的象征。风车是一个重要象征，是动物社会建设成就的代表和荣誉的象征。又比如，象征权力压迫的鞭子。最初是人类手持皮鞭对付动物，而猪们执政后进行农场管理时也拿起了鞭子，这一行为强烈地暗示原来遭受压迫的反抗者蜕变成了新的压迫者，施政中重新返回暴力权威。奥威尔在小说中用了很多对比的修辞手法，将冠冕堂皇的言辞与卑鄙的行为逐一"配对"形成对比，突显反差。最明显的例子是贯穿整部小说的一对人物的对比：拿破仑和拳击手。前者利用后者，后者忠于前者，最后，为保卫和建设拿破仑的政权立下汗马功劳的拳击手，被已经坐稳江山的拿破仑送往屠宰场，换回供其享乐的威士忌酒。这样的人物对比，令读者感慨唏嘘。

奥威尔也使用了不少悖论式的修辞，最著名的是统治者改变初衷的口号："所有动物一律平等，但有些动物比其他动物更加平等。"平等没有比较级，要么平等，要么不平等。作家用这一悖论，揭露了新当权者背叛革命，厚颜无耻地为堕落自圆其说的丑恶嘴脸。这部本质上非常严肃的政治寓言，被作家加上副标题"一个童话"[①]，也创造了悖论修辞的效果。小说采用一种环形结构，故事始于动物与人类的对立与冲撞，终于动物中的统治者与人类同流合污。"庄园农场"因动物革命被改名为"动物农场"，最后又被恢复为从前的"庄园农场"，一切回到原点，一切归于徒然。奥威尔的叙事策略，可以引发读者对人类历史和社会的深入思考。

奥威尔的小说主要属于现实主义流派。现实主义文学源起于法国文学，以左拉为主要代表。奥威尔酷爱法国文学，也熟谙法语，在小说创作方面，他却很少受法国文学的影响。他发现法国在其殖民地摩洛哥的统治比英国在缅甸的统治还要糟糕[②]。一个伟大的文学和文化竟然与野蛮的殖民行为之间如此不协调，如此脱节，令他决心寻找一种能触及现实的文学书写。他在本国文学传统中找到了一些创作的灵感。现实主义以"忠于现实"为主旨，但奥威尔用的是一种与众不同的方式来反映现实。《动物农场》与现实的应对是间接的，在真实经验与虚构故事之间建立起关联，但这种关联又是千丝万缕的。作家通过寓言体裁获得讽刺叙事的审美效果，"要求"读者将小说"文内"的故事与"文外"世界的真实历史与现实局势之间进行"互文"解读。作家笔锋犀利，而文风洗练朴实，将敏锐的政治观察力与高超的艺术表现力的完美结合，使《动物农场》这本篇幅上略显单薄的小说成为名垂后世的经典。

① 这一副标题在1946年美国版的《动物农场》中被出版社删除。
② 杰弗里·迈耶斯：《奥威尔：生活与艺术》，第79页。

拓展阅读

历史氛围与小说主旨

小说《动物农场》与奥威尔的生活经历有很多关联。他一生中经历了俄国的十月革命、第一和第二次世界大战、西班牙内战、世界经济大萧条等大事件，见证了不同党派、不同政见、不同阵营之间的争斗与搏杀。整个欧洲动荡不安，四分五裂，动荡局势的最大受害者总是普通民众，而为被压迫者发声、抗诉也一直是奥威尔作为作家的真正动力。

奥威尔在创作早期谈到他写《缅甸岁月》时说："我觉得我必须脱离的不仅是帝国主义，而且包括任何形式的人统治人的制度。我想让自己走下去，直接到被压迫者当中，成为他们的一员，同他们站在一起反对那些暴虐的压迫者"[1]。他早年在缅甸当警察时，在与乞丐和矿工等一起生活时，他已经把自己的立足点移到了劳苦大众一边，从他们的角度观察和思考问题，在体验他们的苦难中形成了一个未来作家的责任感。他在《缅甸岁月》中表达了对殖民地人们的深切同情，在《通往维根码头之路》中揭露了阶级剥削，在《向加泰罗尼亚致敬》中表达了对工人革命的敬意。

《向加泰罗尼亚致敬》描绘的是革命斗争的起落，而《动物农场》写的则是革命遭到背叛的过程。两部小说的创作灵感都主要来自作家在西班牙内战中的经历。在奥威尔的《动物农场》的前几章中，推翻了人类的统治之后，动物们曾经有过一段美好时光：自主管理，人人平等，热情高涨地共同为新社会

---

[1] Bernard Crick. *George Orwell: A Life*. Harmondswarth: Penguin Books, 1980, p. 172.

的建设出力。在这里，奥威尔融进了他初到西班牙巴塞罗那时的欣喜感觉。当时他看到，压迫人的权力制度被推翻，人间平等取代了阶级区分。他在《我为什么要写作》中就提到，"西班牙内战，和1936-1937年之间的其他事件，决定了天平的倾向，从此我知道了自己站在哪里，我1936年以后写的每一部严肃的作品，都是直接或间接反对极权主义，拥护民主社会主义的，当然是根据我所理解的民主社会主义"[①]。

奥威尔在"民主社会主义"前面用了"我所理解的"这一修饰。他是无党派的左翼知识分子，并不遵从任何一个特定党派的主张，而更偏重于能被普遍接受的人道主义的价值观。在当时的欧洲，左翼政治团体分成很多派别，有信仰共产主义的，有高举无政府主义大旗的，也有追崇社会民主主义的。奥威尔自称社会主义者，政治立场最接近民主社会主义，但这个"主义"需要他用自己的定义进行修饰。也就是说，他并不完全认同追随苏共的左翼政党，也不完全认同诸如英国工党之类的偏左翼政党。最让他心痛的是，西班牙左派之间出现了血腥的内斗，造成两败俱伤。这样的斗争又与苏联国内斯大林派和托洛斯基派的斗争纠缠在一起。奥威尔本人被当作"托派"分子遭到追杀，而他在西班牙的遭遇又与苏联内部的政治清洗相呼应。此时，作家的批判矛头既指向压迫民众的殖民主义、资本主义和法西斯主义，也指向以斯大林为代表的独揽大权之后对工人革命带来破坏的势力。他把这四者统称为极权主义，有时对后者的痛恨更甚于前者。

不少批评家指出，《动物农场》中的拿破仑暗指斯大林，雪球暗指托洛斯基，原先共同革命的战友为争夺影响力和权力大开杀戒。拿破仑将雪球驱逐出农场，宣布为革命的敌人等一些细节，确实会让人联想到苏联国内发生的事件。奥威尔本

[①] 乔治·奥威尔：《奥威尔文集》，董乐山译，中央编译出版社，2010，262页。

人确实对苏联发生的一些现象十分反感。他在《鲸鱼之内》（*Inside the Whale and Other Essays*, 1940）一书中谈到了苏联对欧洲其他国家社会主义组织造成的负面影响："西欧的共产主义运动始于推翻资产阶级的统治，却在短短的几年之间就沦为苏联推行其政策的工具"[①]。1939年苏联和德国签订互不侵犯条约，让欧洲的左派大失所望，开始对斯大林领导下的苏联保持警觉。《动物农场》中"苏联故事"确实占了相对的分量，但不是全部。奥威尔反对对其作品进行对号入座式的解读。

在第二次世界大战胜利在望的1943年，斯大林、丘吉尔和罗斯福"三巨头"召开了德黑兰会议。此时正在创作《动物农场》的奥威尔"毫不怀疑斯大林、丘吉尔和罗斯福是在阴谋瓜分这个世界，他们为了自己的利益划分势力范围。"他认为"他们都是权欲熏心的人"[②]。奥威尔看到，英、美式的帝国主义和殖民主义，斯大林式的独裁，还有德、意式的法西斯主义，中心问题都是权欲、势力和利益。他用"极权主义"一词涵盖所有掌握权力欺压民众的政治权力机制。自1936年以后，他口诛笔伐，一直在同极权主义进行斗争，包括斯大林管治下也称为社会主义的苏联，因为这个政权与奥威尔概念中的"民主社会主义"少有共同之处。他总体上拥护社会主义，批判的是社会主义的革命对象，以及社会主义内部的异化者。

在1936-1939年西班牙内战期间，左派联盟内部各派之间互相争斗，自毁前程，结果输掉了这场战争。这让对社会主义充满美好期待的奥威尔深受打击。与此同时，斯大林在国内国际一些大问题上严重决策错误，苏联这个社会主义大国的形象，在欧洲知识分子中间大打折扣。这让奥威尔心痛之余开始酝酿用文学的手段揭露国际政治运作中的弊端，提出警示。他采用

[①] 参看杰弗里·迈耶斯：《奥威尔：生活与艺术》第147页。

[②] 参看Deutscher, Isaac. "*1984 — The Mysticism of Cruelty.*" *Russia in Transition*. New York: 1960, p. 263.

寓言的体裁，进行艺术加工，将西班牙的经历和关于斯大林苏联的听闻以离奇的虚构故事进行影射，通过"陌生化"揭示错综复杂的事件背后的可怕真相，探究极权主义的生成机制，刨挖极权主义得以维护的深层原因。奥威尔一贯认为，文学具有政治属性，表现时代政治脉动的作品才具有价值。他是个左翼政治活跃分子，也是个具有鲜明政治观点和人文意识的作家。正如传记作家迈耶斯所总结的，"他追求正义和正直，对社会政治问题的核心所在具有本能的洞察力。他看待问题的方式尖锐而具体，是彻底的现实主义者。他的政治信仰更多地受制于严酷的经历，而不是意识形态的限制"[①]。这种耿直的正义感和这种犀利的洞察力，充分地表现在他的作品《动物农场》中。

---

① 杰弗里·迈耶斯：《奥威尔：生活与艺术》，第2页。

小说的传播与争议

奥威尔创作《动物农场》时，第二次世界大战接近尾声。小说出版时这一场"热战"结束，"冷战"即将开场。这部小说涉及政权与政权的运作，十分敏感，但的确写得非常独到，非常深刻。在冷战的氛围中，它遭到了西方政治右翼的热捧，被当作打击社会主义阵营的意识形态武器。他们从中读出了自己需要的东西，曲解奥威尔的所指，将小说说成是对社会主义的讽刺，是对"联共布党史"的戏仿。奥威尔批判极权主义，他的定义中包括了帝国主义和资本主义，而西方政客惯常将自己的体制标榜为民主政体，将社会主义制度用"极权主义"一言以蔽之。西方意识形态机器接过这部小说，不断强调其反社会主义的政治寓意，作为冷战政治的炮弹。小说的出版因此博得了冷战中的西方媒体的一片喝彩声，而苏联则将《动物农场》列为禁书，事实上呼应了西方为小说所做的定性。

冷战意识形态需要标签，需要站边，需要非我即敌的绝对化划线。小说所讽刺的现象，被一些西方政客和批评家纳入单一的阐释轨道：其中批判了斯大林时代的苏联，就是讽喻社会主义，并将其中相关方面一一列出进行比对，拉来对号入座。这样的解读其实故意模糊了奥威尔小说政治指涉的复杂性和多面性。奥威尔确实有"揭露苏联神话"的意图，斯大林管治下的苏联也确实是奥威尔讽刺的对象之一，但以偏概全的阐释会引向误读。我们应该把小说置入其创作的历史现场，而不是小说发表后的历史语境，才能得到更全面客观的阐释。小说虽然是政治讽刺作品，但其实也是写人的，写人的权力欲望膨胀可能带来的人性的扭曲。

我们应该注意到两方面的事实。第一，奥威尔政治观的形成始于对英国政体、对殖民主义、帝国主义、资本主义、法西斯主义的厌恶，这在他的早期作品中有了充分的表达；第二，他本人一直自称为社会主义者，一直是一名政治左翼人士，在西班牙内战中参加的是马克思主义统一工人党，被当作"托派"分子遭到清算；第三，他多次强调，他的政治态度确立于1936年参加西班牙内战的过程中；第四，他确实对斯大林管治下的苏联十分失望，也痛恨派系内斗，对政权被异化十分担忧。这些都在《动物农场》中得到了反映。他对斯大林所作所为的批判，被冷战中的西方意识形态利用，而他对社会主义的信仰则被刻意忽略。西方批评界带着冷战思维对《动物农场》的解读，也很大程度上影响了我国批评界对这部世界名著的看法。

奥威尔的立足点

应该说，奥威尔《动物农场》的创作冲动主要来自三个方面，一是早期对英国的殖民主义和资本主义的反感，二是西班牙内战的经历，三是对斯大林国家治理模式的不满。奥威尔在坚信自己定义的"民主社会主义"的同时，反对造成贫富不均的自由资本主义，反对法西斯主义，也反对斯大林式的社会主义。这些，我们前面讲过，他统称为"极权主义"。这些都在他的《动物农场》中得到了反映。批判是寻求救赎的一种方法。即使是对左翼队伍中方向错误的批判，奥威尔也是站在左翼的立场进行的，是以一个社会主义者的身份对社会主义被异化的可能性提出警告。他抨击某些权欲熏心、腐败变质、出卖革命的人，这些人混迹于社会主义阵营中，但他不反对社会主义。

奥威尔生活在一个多股势力冲撞的年代，主要政治力量中包括老牌欧洲资本主义/帝国主义（以英、美为代表）、正摸索着国家治理模式的新兴社会主义（以苏联为代表）和正在成为世界大患的法西斯主义（以德国为代表）。奥威尔短暂一生中的关注重心，也经历了逐渐的转移，这些都在他的著作中得到了充分的体现。早年，他最痛恨的是大英帝国的殖民主义；其后他又对造成平民苦难的资本主义进行痛斥；参加西班牙内战同希特勒扶持的佛朗哥势力作战，是他反对法西斯主义身体力行的表现；后期，即1940年底，他对斯大林主义忧心忡忡，也将它归为极权主义，生怕这样的社会模式波及世界，对人民带来灾害。奥威尔对斯大林管治下的苏联的批判十分犀利，但为的正是维护心他目中的民主社会主义。他希望被压迫的下层人民通过革命改变社会，又担心这类革命不能达到目的。

奥威尔对社会理想的追求是严肃认真的，绝非人云亦云，亦非趋附于某种时尚观念，而是他亲身经历加上冷静思考的结果。奥威尔始终自下而上，站在下层人民的角度思考社会和政治大问题。他更依靠直觉和体验，而不是在某种政治理论指导下进行教条式的判断。他的社会主义思想的基础，建筑在对社会底层民众深切的同情之上，坚信民众的苦难来自社会的不平等，而造成社会不平等的是权力的压迫。作为一个有良知的知识分子，他感到责无旁贷，要站出来为沉默的大多数发声。

在西方左翼阵营中，他属于民主派的社会主义，痛恨暴政，同情弱者。他的"民主社会主义"理念中既有马克思主义对于政权和阶级分析的成分，也含有当时英国工党面向下层的政治态度，同时又渗透着人道主义的道德精神和普世情怀，呼吁尊重所有人的权利，关心所有人的命运，反对将自己的利益建筑于他人不幸的基础之上。作为寓言小说的《动物农场》，其讽刺指向多方面社会病疾的根源，揭示权力政治导致的人性扭曲和对人性的压迫，因此"奥威尔问题"存在于世界的每个地方，也存在于历史的每个时期，包括当代。小说所揭示的是普遍存在于人类社会的，尤其是与政治运作相关的各种弊端：权欲、背叛、私利、阴谋、欺骗、奴性等。如果将《动物农场》解读为对某一特定团体的讨伐，其实削弱了这部政治寓言的批判力量。优秀的文学作品应该超越个别而达到普遍，超越事件而触及本质。

奥威尔希望在英国创造一个公平的社会，并为之奋斗一生。"平等"是个重要的关键词。奥威尔认为，合理的社会首先是平等的社会，包括政治上和经济上的平等。但平等需要体现社会正义的制度来保障。《动物农场》中老少校的教导，即后来成为农场律令的"七戒"，主要是为了保护所有动物的平等权利，防止特权的产生。其中最重要的一条是"所有动物都一律平等"，但这一原则后来被添入后半句"但有些动物比其他动物更平等"。当权者用强词夺理的悖论篡改了众生平等的宗旨。这是讽刺最为尖锐的地方，也是整部小说中最为关键的转折：当不平等成为制度的时候，社会公正就被踩在脚下，社会革命已经误入歧途。

谈到《动物农场》时奥威尔曾说："我并不相信我在书中所描述的社会必定会到来，但是，我相信某些与其相似的事情可能会发生。我还相信，极权主义思想已经在每一个地方的知识分子心中扎下了根，我试图从这些极权主义思想出发，通过逻辑推理，引出其发展下去的必然结果"①。《动物农场》和《一九八四》两部政治小说的创作，是在奥威尔生命的最后几年。该时，在苏联局势变化的影响下，大多数欧洲左翼知识分子的政治态度都有所改变，有所右倾。奥威尔也一样，对国际和国内政治的看法有了调整，但他依然相信自己定义的民主社会主义，依旧渴望政治变革。同时，小说字里行间又透露出对社会革命前途悲观的情态。奥威尔在这部寓言小说中所鞭挞的那种极权主义现象，在世界各地都仍然存在，因此小说的批判仍然有普适性的意义。小说出版后70多年在世界各地现、当代史发展中出现的事件，很多被他不幸言中。这既是历史的悲哀，也是奥威尔小说作为文化经典的价值的体现。

---

① 引自杰弗里·迈耶斯：《奥威尔：生活与艺术》，第2页。

小说的指涉与讽喻

虽然小说故事中的很多细节会让人联想到斯大林时代的苏联，或欧洲帝国主义，或欧洲左派队伍中嗜权的投机分子，或希特勒法西斯政权，或西班牙的佛朗哥政权，但我们在前面的分析中提到过，奥威尔本人也再三强调过，《动物农场》通过想象中的后果，指涉的是一种极权主义的观念。在对这部作品的分析解读中，各种排位归类性的阐述并不少见。比如，有人比较宽泛地进行划分，认为动物农场代表社会主义，人类代表资本主义；也有人认为农场动物暗指工人阶级，野生动物暗指农民或其他群众，或是少数族裔；另有人指出，动物农场反映的是期待中（或担心可能会）发生在欧洲的事情，周围农场代表亚非拉。这样的绝对化分析都比较牵强。

动物农场中敌对势力间的冲突发生在两个层面，第一个层面在雪球定义的"四条腿/翅膀"与"两条腿"之间，即动物与人类之间，或者说被压迫者与压迫势力之间的对立。虽然小说中出现琼斯、皮尔金顿等四个人类的代表，但人类总体上被呈现为一个抽象概念，被预设为社会上邪恶的、负面的力量。推翻人类统治的举动，在道义上是不容置疑的。这里，奥威尔表达了自己坚定的社会主义立场：社会革命具有正义性和必要性。作家主要担心的是，革命成功后新体制会不会在权力的牵引下重走老路。这便是小说中第二个层面，也是主要层面的冲突——动物中新生的特权阶级与普通劳动者之间的对立。确定了这两个层面互相交错的矛盾与对立，小说中的指涉和讽喻就变得明晰了。

《动物农场》开场，老少校扮演的是类似于"革命导师"的角色，他的临终嘱咐提供了社会革命的思想基础。他基于一生的观察和思考进行了社会分析，首先是描述社会现状：动物们拼死拼活仍然食不果腹，人类陋习缠身却能不劳而获，社会严重不公平；然后，他指出，不公平现象的存在是因为受压迫者权力的缺失；再后，老少校指明改变现状的举措，鼓动社会中受剥削的大多数联合起来，造反夺取权力；最后，他又特别苦口婆心地再三强调，革命成功后要约束权力，防止腐败蜕变，为此提出了防范措施，以防新瓶装旧酒。虽然小说中动物起义事出有因，但老少校的"理论"已在动物中流传，播下了革命的种子，而激起起义的事件只是偶然的星火。老少校的社会分析是奥威尔认同的政治观，而老少校对新政权走向的预警，也是出现在欧洲左派中最令奥威尔担忧的走势。

动物们夺取政权后，农场里曾一度出现欣欣向荣的气象。这里的描写反映了奥威尔1936年初到西班牙时，看到左派联盟共和政府管理下令他激动并深受鼓舞的新面貌。小说中的动物农场开始了新社会模式的探索，将老少校的遗训归纳为"七戒"写在墙上，划定清楚的行为规范，什么该做，什么不该做，确立人类与动物敌我之分的界限，强调所有动物一律平等的政治准则。同时，农场制定"大集会"的民主议事制度。但是，奥威尔真正的担忧在小说中很快出现，民主议事制度未能持续太久，被极权取代，而其他的新气象也逐渐复原为旧面貌。雪球和拿破仑之间展开了农场大权之争，代表"强权与阴谋"的拿破仑打败拥有"能力与民心"优势的雪球。被暴力驱逐的雪球并没有消失，而越来越成为意识形态斗争中一个虚构的对立面，用于强化拿破仑的绝对权威。

奥威尔在小说中强调了以拿破仑、尖嗓和小不点为代表的新的权力结构对舆论和记忆的操控。一方面是镇压与恐吓，另一方面是谎言与欺骗，两种手段互相依赖，互为补充。农场内曾对拿破仑有过质疑的"异己分子"遭到清洗，农场历史被重新"书写"，重新阐释。在"牛棚战役"中立下头功的雪球，被说成一开始就与琼斯里应外合进行勾结的内奸，而是拿破仑的英明扭转了局势；雪球日以继夜完成的风车设计，被说成抄袭了拿破仑的天才构思，一切成就归于领袖。动物与人的斗争，转化成了动物与动物之间的互相倾轧。随着时间的推移，记忆被幻象冲淡和混淆，真实历史被虚构历史覆盖和取代，在拿破仑意识形态机器的宣传下，难辨是非的动物民众最后只得求助"拿破仑同志永远正确"这样一个简单化的口号。

美国的《独立宣言》第一句话就是："我们认为下面这些真理是不言而喻的：造物主创造了平等的个人，并赋予他们若干不可剥夺的权利，其中包括生命权、自由权和追求幸福的权利。"但是起草人杰斐逊自己是个大奴隶主，此后的一辈子也没有想过让家中一百多个黑奴获得平等权利。直到今天，美国种族歧视的情况仍然没有得到根本的改变。这个例子中我们看到的是社会理念与社会行为之间的落差。同样的落差从一开始就存在于动物农场，随着时间的推进，社会行为朝着社会理念的反方向渐行渐远。新政权之初，"所有动物一律平等"成为信念，但进入领导层的猪偷偷享用了挤下的牛奶和收集来的落果。从"小便宜"开始，特权范围逐渐扩大，逐渐公开化并被合理化，强调领导的营养和健康事关农场的根本利益，直到最终作为"宪法"主旨的平等条款被篡改，特权阶层的利益得到法律层面的保障。

小说结束部分的象征性尤其明显，讽喻的所指也愈发清晰：赞美领袖功德的《拿破仑同志》成为仪式中必唱的颂歌，以表示忠诚，而造反之初表达理想和同志之爱的《英格兰牲畜之歌》被禁唱；猪不仅拿起了皮鞭成为新的压迫者，还学着人样站立起来走路，不以为耻，反以为荣。最后的场景是猪和原先的敌人杯盏交错，同席畅饮，而远处阴冷的牲畜棚里，或浑浑噩噩不明事理或忍气吞声不敢抗诉的普通动物，依然过着痛苦不堪的生活。革命的结果是权力更替，把一部分猪变成了"人"，继承了人类所有的恶念和所有的劣迹，动物革命的一切努力付诸东流。这是作家想象中最糟糕的结果。奥威尔试图探触社会病变的根源，用这部小说敲响警钟。

有学者谈及《动物农场》作为文学作品的核心价值："这部作品之所以被誉为最杰出的政治寓言而历久弥新，"其原因在于作家"指向的问题——反独裁为何会复归独裁？"[①]奥威尔也相信这个问题是"我们这个时代所要解决的最主要的问题之一"，而他认为要让民众清晰地理解不易被看清的政治运作策略与手段，"就需要使用文学手段来完成这个使命"[②]。他非常出色地完成了这个任务，对被他称为"极权主义"的政治结构进行了深入透彻的剖析和畅快淋漓的批判。奥威尔的这部小说仍然具有当下性，我们今天在探索社会主义发展道路过程中，他的寓言所指涉的很多教训，仍然是值得记取的警示。

---

① 夏雪："《动物农场》与现代政治的极权陷阱"，《社会科学论坛》2015年第5期第36页。
② 杰弗里·迈耶斯：《奥威尔：生活与艺术》，第148页。

Quiz

Chapter 1

1 One night, the animals gathered to have a meeting because _____.

A they found the owner of the farm was too drunk

B it happened that the big barn was not locked

C the animals secretly arranged it

D they could not tolerate the situation any longer

2 What is the purpose of the author's detailed description of the gathering animals?

A The author tries to emphasize the importance of the meeting.

B The author is making an introduction of the characters.

C The author wants to show the order and arrangement of the meeting.

D The author describes the united strength of all the animals.

3 Old Major told the farm animals a lot of things. Which of the following was NOT included?

A The animals were unfairly treated.

B A revolution would soon come to change the world.

C The roots of all evils came from human beings.

D Animal should not follow the bad example of human beings.

4 What was the emotion that the song *Beasts of England* expressed?

A Mainly the sad tones of a life of misery and slavery.

B Mainly the determination to overthrow the human oppressors.

C Mainly the anger of being maltreated by men.

D Mainly the longings for a free and happy future.

Chapter 2

1 What was NOT the situation after old Major died?

A His words were gradually forgotten.

B His words gave the farm animals a new look.

C His words led to some secret activities on the farm.

D His words were taken as principles and guidance.

2 On the farm there was a tame raven who talked about the Sugarcandy Mountain. What sort of person does this figure allude to?

A A propagandist who persuades without real belief.

B A liar who gives empty promises.

C A priest who speaks of land of milk and sugar.

D A romanticist who holds unrealistic hopes.

3 The Great Rebellion suddenly occurred and was won by the animals. What was the cause of this rebellion?

A It was carefully planned by the pigs.

B It was pre-arranged by old Major.

C It was triggered off by Mr. Jones's violence.

D It was caused accidentally by some angry reaction.

4 The Seven Commandments inscribed on the wall mainly focused on _____.

A combating corruption

B drawing a line between animals and human beings

C setting up moral standards

D establishing rules of behavior

Chapter 3

1 What does the author indicate by telling us about the animal conference, the Meeting, where resolutions were put forward and debated?

A At the start, the animal farm had a democratic system.

B The animals needed a platform to express their ideas.

C The animals were more capable of governing their own affairs.

D Much time was wasted in this sort of bureaucracy.

2 In the very early stage of the animals' self-governing, there were signs of inequality. What was NOT one of them?

A The pigs moved into Mr. Jones' farmhouse.

B The windfalls were reserved for pigs only.

C The pigs did not do physical work in the fields.

D The milk went into the pigs' meal.

3 What type of animals were least intelligent in literacy?

A The pigs.   B The donkey.

C The horses.   D The dogs.

4 What was Squealer's explanation of pigs' privileges?

A It was some necessary selfishness.

B It was a reward for hard workers.

C It was for the common good.

D It was a measure for those poor in health.

Chapter 4

1 The humans were shocked by the animal rebellion and tried to damage the reputation of the farm animals. What was NOT included?

A They sent out news that the animals were fighting among themselves.

B They spread rumors that the animals were on the verge of starvation.

C They claimed that animals on that farm ate their own kind for food.

D They gave false warning that the animals were preparing to attack other farms.

2 What was the human beings' reaction to the song *Beasts of England*?

A They failed to understand the meaning of the song.

B They beat the animals who were caught singing it.

C They found the tune of the song familiar.

D They thought the song was nothing but ridiculous rubbish.

3 When people from Foxwood and Pinchfield came to attack, the animals of the farm _____.

A were fully prepared

B found themselves in a state of panic

C faced them in force at the gate

D lured them to the wide opening

4 Immediately after the defeat of the human invasion, the animals of the farm were wildly excited. What was NOT part of their impromptu celebration of the victory?

A They sang the song *Beasts of England.*

B They solemnly buried their dead comrade.

C They paraded around the farm.

D They raised their green flag.

Chapter 5

1 From the portrayal of Mollie, the pretty white mare, we can see that the author probably wants to make her to represent _____.

A the women of high social class

B the educated middle-class elite

C the frustrated and isolated group

D the politically backward people

2 There were frequent disputes between the two leaders, Snowball and Napoleon, at the meetings. What do these disputes indicate?

A They are early signs of power struggle.

B They are signs of personal bitterness toward each other.

C They reveal the difference in their future plans.

D They show very different personalities of the two leaders.

3 Between Snowball and Napoleon, who usually won more support from the animals of the farm? Why?

A Snowball, with his single-minded will.

B Snowball, with his eloquence in speeches.

C Napoleon, with his personality and resolution.

D Napoleon, with his wit and humour.

4 The voting over the building of the windmill suddenly led to an unexpected ending. What had happened?

A Snowball suddenly ran away.

B The animals created chaos by fighting each other.

C Napoleon launched a coup d'etat.

D The dogs disrupted the voting.

Chapter 6

1 Why were the animals now happy in their work?

A They didn't have to labour like slaves.

B No one asked them to make sacrifices.

C They believed they were working for themselves.

D There were no human bosses forcing them to work hard.

2 What might be the author's intention to create Boxer as a character by his two slogans, "I will work harder" and "Napoleon is always right"?

A He was a loyal servant to the farm.

B He was blind in his devotion.

C He had always been a determined follower of Napoleon.

D He was a good worker with firm political stand.

3 In this chapter, the pigs started to violate the Seven Commandments. Which were the commandments they violated?

A 3. No animal shall wear clothes. 6. No animal shall kill any other animal.

B 5. No animal shall drink alcohol. 4. No animal shall sleep in a bed.

C 4. No animal shall sleep in a bed. 7. All animals are equal.

D 3. No animal shall wear clothes. 5. No animal shall drink alcohol.

4 Over the time there were some changes in the relationship between the animals on Animal Farm and the humans outside. What was NOT the situation?

A The animals were more ready to meet humans.

B The farm engaged trade with humans outside.

C The humans hated Animal Farm ever more than before.

D For the ability of the animals, the humans developed a certain respect.

Chapter 7

1 One morning, to the surprise of the animals, the windmill was leveled to a pile of stones. What do you think was the cause of the destruction?

A Snowball's sabotage.

B Improper structure of the windmill.

C The bad weather.

D Both structural defects and bad weather.

2 In January, there was obvious shortage of food on Animal Farm. What was done about the situation?

A Extra ration of potatoes were provided.

B The Farm tries not to let the outside world know about it.

C The construction of windmill temporary stopped to save energy.

D A deal was made to buy grain from a neighbouring farm by selling timber.

3 For the first time, there were signs of rebellion on Animal Farm. What happened?

A The animals refused to work on the windmill without sufficient food.

B The cows refused to submit milk.

C The hens refused to submit eggs.

D The rats began to make trouble in cooperation with Snowball.

4 Why was there sudden discovery of many of Snowball's destructive activities?

A Because there were real dangers around.

B Because Napoleon wanted to divert the attention from real problems.

C Because Snowball stepped up his anti-Napoleon plot.

D Because the farm was at the moment vulnerable to an attack from outside.

5 At the gathering in the yard, there was a terrible scene and some members of the farm were killed. What was probably the reason for the bloodshed?

A They found traitors in league with human beings.

B Napoleon wanted to silence the opposition.

C It had to be done for the unity around the leader.

D The division among them would be an opportunity for Snowball.

Chapter 8

1 The Sixth Commandment on the wall said "No animal shall kill any other animal without cause." This commandment _____.

A permitted the killing of bad guys, such as traitors

B gave a warning against any killing of their own kind

C pointed out that killing would lead to failure in the cause

D was the secretly altered version of the original

2 Which of the following statements is the true situation of Animal Farm now?

A It was worse than Jones's time.

B The farm witnessed a lot of improvement in the production.

C The animals were now more united than ever before.

D The animal had confidence in the future of the farm.

3 By the poem "Comrade Napoleon" which one of the pigs Minimus composed, the AUTHOR tells the reader about _____.

A the love and affection the animals received

B the flattering and flatterers among the animals

C the cult of personality that prevailed on the farm

D the concerns Napoleon had for all the animals

4 What happened to the pile of timber on the farm?

A It was sold for food supplies.

B It was sold to Mr. Pilkington.

C It fetched a good price.

D It was cheated away by fake money.

5 What is NOT true of the "Battle of the Windmill"?

A The animals defeated Frederick and his men.

B The windmill was blown down.

C The animals were nearly defeated.

D The humans suffered greater casualty than the animals.

Chapter 9

1 A rule was laid down that when a pig and any other animal met on the path, the other animal must stand aside. What does this new rule imply?

A Pigs need to hurry for their important management business.

B A new social order was established.

C Equality of all animals was officially defied.

D Importance of politeness was emphasized.

2 There was a new activity called Spontaneous Demonstration. What was perhaps the real purpose of that activity?

A To celebrate the triumphs of Animal Farm.

B To boost the morale of the animals.

C To parade the achievements of the farm.

D To provide entertainment for the animals.

3 We read: "It was given out that fresh documents had been discovered which revealed further details about Snowball's complicity with Jones." By these words the author probably intends to tell us that _____.

A Snowball had long been a hidden spy

B The doubt about Snowball was dispelled

C Whether Snowball was traitor was finally settled

D The official media could distort facts at will

4 After Boxer's serious injury, he was sent to Willingdon where he was probably _____.

A treated by a more capable veterinary surgeon

B sold to a horse slaughter.

C to retire and spend his remaining years

D to be buried after his death

Chapter 10

1 Why were the animals shocked and terrified at seeing the pigs walking on their hind legs?

A Probably they had never seen animals walking on two legs.

B Probably they thought it was against the animal nature.

C Probably they thought the pigs all went crazy.

D Probably this reminded them of the human oppressors.

2 This short sentence "He (Napoleon) carried a whip in his trotter" stands out as a paragraph by itself. Why does the author highlight this fact?

A Because this shows that Napoleon had tendency to violence.

B Because this is a common image of an oppressor.

C Because this best describes Napoleon's personality.

D Because this shows that Napoleon now controls the farm.

3 The changed commandment "all animals are equal but some animals are more equal than others" probably has all the implications EXCEPT _____.

A that there were class divisions among animals

B that some animals could have privileges

C that some animals kept higher standard of equality

D that animals were not equal by law

4 The name "Animal Farm" was finally abolished, and its original name "The Manor Farm" was restored. What does this imply?

A The human beings finally won the victory.

B The animal revolution was betrayed.

C History repeated itself.

D Tradition and old ways were more valued.

2 Essay Questions

1 A lot of characters in this short novel *Animal Farm* are **type characters**. That is, rather than the "individualized character" with his / her own uniqueness, the character is endowed with characteristics that are common to a certain sort of people he represents. Please single out a few and discuss their positive or negative roles in the social composition of the small world of Animal Farm.

2 Please compare the first chapter and the last chapter of the novel. Based on the comparison, discuss the dream of a fair society as was put forward by old Major and the reality of the farm a few years after the victory of the animal rebellion and the self-government. What is perhaps the author's message and warning?

Key to the Quiz

Key to the Quiz

Chapter 1
1 C   2 B   3 B   4 D

Chapter 2
1 A   2 C   3 D   4 B

Chapter 3
1 A   2 A   3 C   4 C

Chapter 4
1 D   2 B   3 A   4 C

Chapter 5
1 D   2 A   3 B   4 C

Chapter 6
1 C   2 B   3 C   4 A

Chapter 7
1 D   2 B   3 C   4 B   5 B

Chapter 8
1 D   2 A   3 C   4 D   5 D

Chapter 9
1 C   2 B   3 D   4 B

Chapter 10
1 D   2 B   3 C   4 B

参考文献

Crick, Bernard. *George Orwell: A Life*. Harmondswarth: Penguin Books, 1980.

Deutscher, Isaac. "*1984 —* The Mysticism of Cruelty." *Russia in Transition*. New York: 1960.

Grahame, Kenneth. *The Wind in the Willows*. London: Metheun, 1908.

Meyers, Jeffrey. *Orwell: Wintry Conscience of a Generation*, New York: W. W. Norton & Company: 2000.

Newsinger, John. *Orwell's Politics*. Houndmills: Macmillan Press, 1999.

Orwell, George. *Such, Such Were the Joys*, London: Partisan Review, 1952.

Orwell, George. *Keep the Aspidistra Flying*. 1936. London: Penguin, 1962.

Orwell, George. *The Road to Wigan Pier*. 1937. London: Penguin Classics, 2001.

Zwerdling, Alex. *Orwell and the Left*. London: Yale University Press, 1974.

奥威尔，乔治：《奥威尔文集》，董乐山译，中央编译出版社，2010。

段怀清："一代人冷峻的良心：奥威尔的思想遗产"，《社会科学论坛》2006年第5期，第29–42页。

拉金，艾玛：《在缅甸寻找乔治·奥威尔》，王晓渔译，北京：中国编译出版社，2011。

迈耶斯，杰弗里：《奥威尔：生活与艺术》，马特、王敏、仲夏译，北京：经济科学出版社，2013。

聂素民：《伦理诉求和政治伦理批判——奥威尔小说研究》，杭州：浙江大学出版社，2014。

夏雪："《动物农场》与现代政治的极权陷阱"，《社会科学论坛》2015年第5期，第36–43页。

辛斌："批评语篇分析的社会和认知取向"，《外语研究》2007年第6期，第19–24页。

押沙龙：《冷峻的良心：奥威尔传》，北京：中国友谊出版公司，2013。

杨敏："穿越语言的透明性——《动物农场》中语言与权力之间关系的阐释"，《外国文学研究》2011年第6期，第153–158页。